baleiazzzul
de SERGIO ZLOTNIC
ilustrado por **marcelo cipis**

baleiazzzul
de SERGIO ZLOTNIC
ilustrado por **marcelo cipis**

hedra

São Paulo_1ª edição_2014

Copyright desta edição © Hedra 2013
Copyright © Sergio Zlotnic
Copyright das ilustrações © Marcelo Cipis

Grafia atualizada segundo o Acordo Ortográfico da Língua Portuguesa de 1990, em vigor no Brasil desde 2009.

Corpo Editorial
Adriano Scatolin, Bruno Costa, Caio Gagliardi,
Fábio Mantegari, Iuri Pereira, Jorge Sallum,
Oliver Tolle, Ricardo Musse, Ricardo Valle

Edição Leda Cartum e Jorge Sallum
Ilustrações Marcelo Cipis
Capa Rodrigo Rosa (sobre ilustração de Marcelo Cipis)
Diagramação e programação em LaTeX Bruno Oliveira
Revisão Juliana Ramos
Foto da orelha Rodrigo Meneghello (foto gentilmente cedida pela SP — Escola de Teatro)

Dados Internacionais de Catalogação na Publicação (CIP)
(Câmara Brasileira do Livro, SP, Brasil)

Zlotnic, Sergio.
Baleiazzzul. / Sergio Zlotnic. — Sergio Zlotnic. — São Paulo: Hedra, 2013. 140 p.

ISBN   130p.; Il.
978-85-7715-162-2

1. Literatura Brasileira 2. Romance. I. Título.   CDD 13-02436

Índices para catálogo sistemático:
821.134.3(81)

Todos os direitos desta edição reservados à

EDITORA HEDRA LTDA.

Rua Fradique Coutinho, 1139 (subsolo)

05416-011 São Paulo SP Brasil

+55 11 3097 8304

editora@hedra.com.br

www.hedra.com.br

"Esta estória foi criada nos intervalos da vida e, por isso, não deu trabalho nenhum. Se Rapunzel tivesse feito alguma coisa de útil enquanto esperava o príncipe, a humanidade agradeceria. Todos deveriam aproveitar as horas livres, lacunas da rotina, intervalos da vida, pra fazer algo que lhes desse prazer. O mundo estaria melhor, eu garanto", disse Tom.

— PARTE I —

A CHEGADA DE TOM

Os fundos de suas casas davam para um terreno triste e abandonado. Na falta de opção, eles se reuniam naquele lugar inóspito. Ali, do nada, os quatro amigos inventavam brincadeiras que alegravam suas vidas.

Cartolina costumava dizer: "Este terreno baldio é habitado por seres encantados. Basta ter ouvidos para ouvir. E olhos para ver!".

Numa tarde do final de março, indecisa entre o verão e o outono, no meio de uma brincadeira, Tom chegou de mansinho e juntou-se ao grupo.

Não o conheciam. Mas foram generosos:

— Bem-vindo! — disseram em coro.

E fizeram a pergunta:

— Qual é o seu nome?

— É Tom Oriundo — foi sua resposta.

— Lindo nome! Venha ser o quinto elemento da turma!

E assim foi.

O MORRO DA GAROA

Viviam numa cidade feia, barulhenta, poluída, perigosa e querida chamada Morro da Garoa, capital do Grande Estado do Café. Enorme, acolhia todo imigrante, absorvia a sua cultura e cuspia fora o caroço. E crescia, sempre, com tanta caloria, cada vez mais feia, mais enorme, mais querida.

Eles eram uma turma e tinham assuntos seríssimos para resolver. Debatiam muitos temas: crianças têm teorias pra expor e discutir.

UMA TURMA PLURAL E HETEROGÊNEA

Jubileu Desdém era muito metropolitano. Meio sério e pensativo, gostava de ler. Irônico, era desajeitado nos esportes, mas bom em mesóclise e matemática. Sempre com seus óculos, adorava ficar lendo. Quando crescer, será que ele se torna um homem exato?

Escaleno Profícuo nasceu no interior do Grande Estado do Café. Tinha aquele sotaque caipira. Era magrinho, invertebrado e flexível e, ao contrário de Jubileu, não tinha paciência para leituras. Gostava de ouvir estórias, mas tinha preguiça de ler. Também gostava de correr e jogar futebol. Seus pés eram cheios pontaria. Apesar de meio tímido, quando climatizava, rolava bem.

Pastilha Bubônica era parecida com Escaleno: espontânea, dizia o que pensava. Sua alma se localizava na boca. Preferia estar ao ar livre. Magrela, jogava vôlei muito bem e, além disso, tinha samba no pé e um resumo na língua. Alto poder de síntese!

Cartolina Filipeta dizia: "quando crescer, serei protagonista!". Ela era comilona, gorducha e estudava muito. Pensava em receitas e lanches reforçados, geralmente com uma panqueca na mão. Gostava também de refletir. Na garoa do Morro, ficava estudando. Torcia para que chovesse. "Assim enchem as represas!", justificava. Mas, no fundo, ela queria que chovesse para ficar recolhida em casa contando estórias, ouvindo estórias, ou mesmo lendo. Tinha o mau hábito de espremer as espinhas do rosto. Não dava bola para quem dizia que espremer espinhas não resolve nada e deixa o rosto cheio de buracos. Ela ria, indiferente aos apelos, deixando à mostra seu aparelho de dentes, que parecia gaiolinha de arame.

Tom Oriundo era distraído, ligado nalgum canal misterioso. Ouvia o galo cantar e não sabia onde. Sempre no mundo da lua, às vezes parecia que tinha entendido tudo, às vezes, que não tinha entendido nada. No que ele pensava? Na morte da bezerra, é claro! Por exemplo: caminhou mudo por uma ruela em direção a lugar nenhum, o pensamento longe. Avistou, de repente, uma faixa pendurada, esticada entre dois postes: *Perdeu-se um whippet galgo. Sete anos. Branco com manchas marrons. Gratifica-se bem.* Uma esquina depois, outra faixa: *Pizza calabresa. Promoção especial. Tamanho gigante. Custa tanto e o endereço é tal.* Em silêncio, na terceira esquina, Tom percebeu que, bem no fundo, sua alma pensava que a pizza calabresa só podia ser feita de galgo... Evidente! Há no pensamento e no cérebro uma força notável que liga irresistivelmente duas informações ou dois fatos. É a *força inevitável*. Somos sujeitos a ela. Ela é mais forte que nós.

PALAVRAS DIFÍCEIS

Por engano (ou não), os cinco amigos trocavam palavras que, na aparência, eram diferentes entre si — mas, em suas cabeças, guardavam alguma semelhança. "Gafanhoto" e "enfadonho", por exemplo, tinham o mesmo valor. Várias duplas de palavras eram colocadas na mesma prateleira de seus cérebros ou na mesmíssima gaveta de suas cacholas ("Adriana" e "Daniela"; "marimbondo" e "Moçambique"; "Mossoró" e "maçarico"; "risoto" e "resumo"; "quimera" e "quimono"; "absurdo" e "arbusto"; "Egito" e "Sergipe"; "sovaco" e "vácuo" etc.). Abrindo a gaveta no escuro, apanhavam a primeira que encontravam.

Além disso, separando sílabas, desinventavam palavras: "latim", para eles, era um cachorro que espirra e "pernóstica", uma academia de ginástica para pernilongos.

E tanto fizeram, desinventando palavras e encontrando semelhanças bastante relativas entre elas, que acabaram desembocando numa língua-rara. Mesmo quando discutiam uma besteira, nesse idioma o assunto ganhava ares muito importantes. Mais importantes até do que os assuntos discutidos por pensadores, doutores, sábios, eruditos e intelectuais. E políticos também.

Pois! A importância dos assuntos está diretamente relacionada à língua na qual o assunto é apresentado.

QUEM ENGASGA? (O MENINO COM A PALAVRA OU A PALAVRA COM O MENINO?)

A Palavra, sentada à mesa, jantava e conversava numa roda animada. Subitamente engasgou e, num acesso de tosse, cuspiu um menino chamado Tom. Sabe-se, já desde tempos imemoriais, que comer e falar são verbos que não combinam. Um diz da sobrevivência; outro, da cultura. Tal qual óleo n'água, não se misturam. Engasgo é uma trombada entre cultura e sobrevivência (os bichos também engasgam e é nesses momentos que mais se parecem com gente). Foi assim o nascimento de Tom: não parido, mas cuspido.

Afora este detalhe, Tom era um menino como outro qualquer. É verdade que ele aparecia sem aviso. E também, de súbito, sem mais nem menos, como um engasgo, podia sumir. Mas sua presença era tão agradável que a gente desculpava seus sumiços.

Para ele, Palavra era boa mãe. Um pouco ambígua, às vezes, é verdade. Mas bem famosa. Tom tinha orgulho dela. Sempre, no dia das mães, Tom dava um presente à Palavra: uma letra.

E foi assim que Palavra foi engordando de letras e se tornando mais rica e mais generosa para com todos aqueles que amava. Nos dias de festa, até hoje, ela se enfeita das letras que ganhou de seu filho.

Tom gostava de vê-la enfeitada. Mas do que ele gostava mesmo era de ouvi-la. É que a voz de Palavra, muito melodiosa, é um colírio para os ouvidos. Ela tricota um cachecol sem fim, dedos

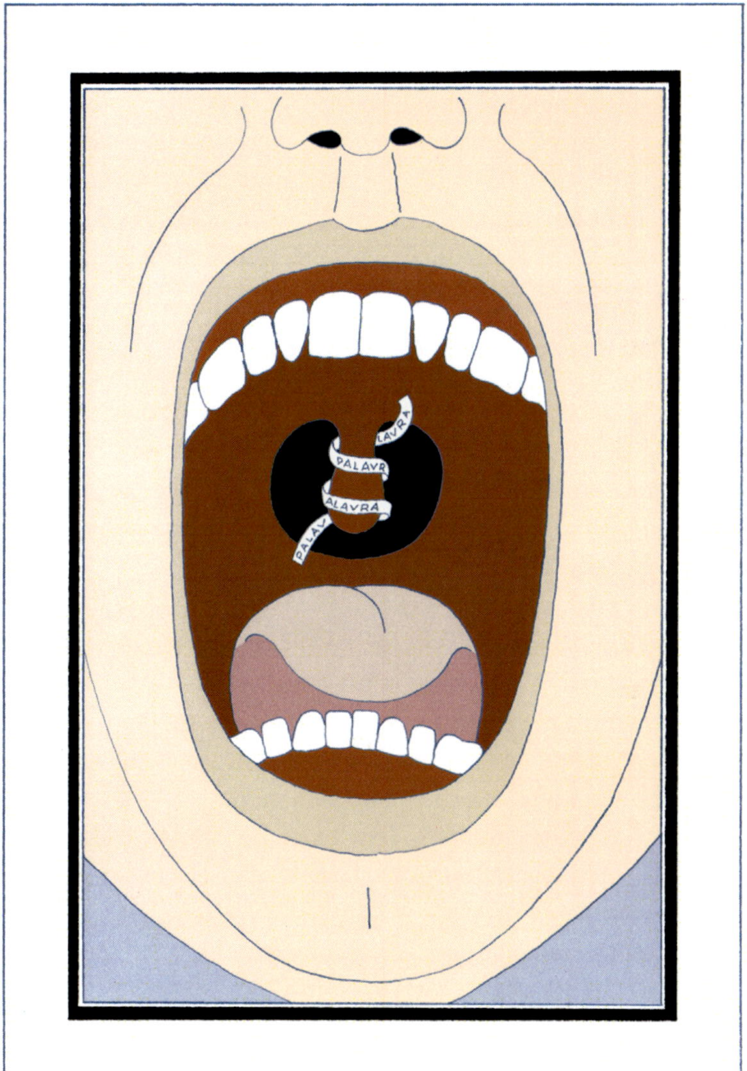
LAVRA
PALAVR
ALAVRA
PALAV

ágeis cantarolando. Ninguém sabe se a voz vem da garganta ou das unhas.

Ele cresceu assistindo ao pai ler e chorar. Não sabia por que seu pai lia. Nem sabia, menos ainda, por que chorava. Depois, esqueceu. Esqueceu que o pai lia. Esqueceu que o pai chorava. Esqueceu até mesmo que teve um pai... Esquecer é remédio!

Tom gostava de contar estórias e aparecia onde havia gente disposta a ouvir. Reunia amigos em torno de si. Mas, talvez pelo seu nascimento peculiar, talvez por algum outro motivo desconhecido, engasgava facilmente. Então ficava vermelho e tossia, tossia, tossia. *Cof, cof, cof.*

Por que será que ele engasgava? Ninguém sabia ao certo, mas havia muitas hipóteses.

Alguns achavam que ele tinha pressa. Por isso falava rápido e respirava pouco.

— Vai tirar o pai da forca? — diziam uns.

— Será que ele não almoçou hoje? — diziam outros, ao vê-lo gaguejando e comendo palavras.

— Só pode ser, está com fome.

O problema era que Tom colocava o carro na frente dos bois. Ele queria terminar uma frase antes mesmo de começá-la. Esses são os momentos em que há mais perigo de engasgar.

— Ele tem medo de ficar sozinho! — explicou um sábio.

De fato, enquanto a gente fala, tem sempre a esperança de que o ouvinte não vá embora. Tem gente que fala pra adiar uma separação. Tem gente para quem separação é a morte. Falar, então, é como não morrer!

— Ficaremos aqui até que a estória termine — garantia o povo. Mas não adiantava!

Palavra, sua mãe, era fonoaudióloga. Ela ensinava que devemos falar como quem canta. Mas até que se aprenda uma lição, muita água há de passar sob o moinho.

Tom não escutava os conselhos de sua mãe e não cantava quando falava. Ou melhor: sua fala não era um canto. Ele tossia,

tossia. Quando é que a tosse parece música? Nunca! A tosse é o oposto da música. Quando a música acaba, a tosse começa. Que grande cantora tosse ao cantar? Nenhuma! Seria até muito feio assistirmos, ao abrirem-se as cortinas do teatro, a uma cantora que soltasse uma imensa tosse. Já pensaram?

A tosse é só um barulho. Um barulho de alguém sufocando. A música, ao contrário, nunca é barulho: barulho não é música. A música é quando ninguém sufocou!

Mas a tosse diz muita coisa. Talvez não seja somente barulho. É isto o que aprenderemos com a turma de Tom.

CRESCER

O tempo passou e Tom cresceu. Não tanto a ponto de se tornar adulto, mas o suficiente para não comer palavras, nem falar rápido demais, nem ficar falando sem parar. Nem ter tanto medo de ficar sozinho. Ele começou a ouvir mais e a falar menos.

Crescer é deixar para trás hábitos desagradáveis. Crescer é aprender a se separar das coisas. Mas crescer é também, por outro lado, adquirir hábitos ainda mais desagradáveis. Crescer é aumentar a dificuldade de se separar de tudo. Crescer, enfim, é não entender nada. Nada de nada!

Isto é um paradoxo. Paradoxo é uma questão em torno da qual muitas indagações ficam esvoaçando, como abelhas em torno de um bocado de mel.

Dizem que a mosca da fruta se chama drosófila. Não sei. Mas ela não está na sua casa. Não tem ninguém em casa. Então você vai ao mercado e compra banana. Uma dúzia. Leva pra casa, põe na fruteira. Não demora muito, logo aparece uma mosquinha atraída pela banana. Onde ela estava antes da banana chegar? Será que a mosca da fruta fica deitada em algum lugar da cozinha das casas das pessoas esperando a vida toda alguma banana chegar? Ou ela fica em pé? E, neste caso, não se cansa?

As palavras adormecidas nos livros são como as moscas da fruta. Elas ficam quietas até que algum leitor chegue para lê-las.

Então elas começam a esvoaçar em volta da cabeça do bem-vindo leitor, num enxame.

Alho e bugalho, juntos, podem fazer contradição ou paradoxo. Paradoxo, aliás, é primo da contradição.

Mas isto só ficará claro mesmo ao final das estórias todas. Toda boa estória, ao final, lança luz num paradoxo. Como um abajur! (Bem, isto quando a estória é boa.)

Voltando a Tom, mesmo assim, entretanto, mesmo tendo crescido um pouco, mesmo ouvindo mais do que falando, mesmo tropeçando menos nas letras, mesmo comendo menos as frases todas, mesmo tendo menos medo de ser abandonado, mesmo respirando melhor, ele às vezes ainda engasgava com as palavras... Ainda bem!

A PARTEIRA DE PALAVRAS

Bem, Tom gostava de contar estórias somente quando chovia. Tardes chuvosas, céu plúmbeo, raios e trovões. Esta é a boa paisagem para inventar alguma coisa. Senão, melhor brincar na rua. Nem se discute. Às vezes, as estórias de Tom se interrompiam, porque ele precisava tossir.

Ele dizia que isso acontecia quando uma palavra da estória se recusava a sair e ficava entalada na garganta, agarrada à campainha da goela. Engasgado, ele tossia. Do mesmo jeito que foi tossido ao nascer. Por ter feito Palavra engasgar ao nascer, agora as palavras entalavam na sua garganta.

Mas a palavra engasgada, aquela que não quer sair, é a que mais precisa ser dita. As derrapagens de Tom eram, portanto, sinal de que havia estória para ser contada.

E, para a palavra, ser tossida é como um nascimento: quem vai à maternidade ver as crianças recentemente nascidas sabe que (afora aquelas que foram trazidas pela cegonha) nenhuma delas nasce tão facilmente assim. De certa forma, crianças são também tossidas. Como Tom, tossido por Palavra ao nascer.

E para que nascem crianças? Crianças nascem para ter longa vida. Crianças nascem para ter um futuro à sua frente. Crianças são tão importantes quanto promessas.

Da mesma maneira, palavras importantes têm um parto difícil. São tossidas. São promessas...

Mas não sou eu quem diz isso. Isso quem dizia era Cartolina, a melhor amiga de Tom. Ela estava sempre por perto, querendo ouvir suas estórias. E quando ele tossia, ela ouvia a tosse com toda atenção. Ela queria ouvir qual era a palavra que estava enroscada na tosse, palavra difícil de nascer. "Taí uma palavra de futuro", dizia ela ao pressentir uma palavra engasgada. Então todos os seus amigos se reuniam em volta de Tom para ouvir os segredos da palavra engasgada.

Cartolina, então, era amiga mesmo. Ela era uma parteira de palavras: traduzia o que Tom não era capaz de dizer. Ela escutava e dava importância àquilo que ele queria dizer. Ouvia as promessas contidas nos sons e escondidas pela tosse. Às vezes se punha a puxar uma palavra teimosa que se agarrava na goela de Tom. É isto que é um amigo, não é?

Enfim, ela libertava palavras entaladas.

Cartolina sabia muito. Quando falava ao telefone com qualquer pessoa, apenas pelo tom de voz, ela já descobria um monte de coisas.

— Tá deitado, Tom? — perguntava ela ao amigo, mesmo sem poder vê-lo.

— Como você sabe?! — admirava-se ele.

— É que a sua voz hoje está horizontal — justificava Cartolina.

Tom e Cartolina eram uma dupla. Onde um falhava, o outro traduzia. Se ele gaguejava, engasgava ou tossia, ela estava ali para resolver. E resolvia!

Mas ela podia ser meio chatinha, às vezes: era um pouco adulta demais. Bem, afinal, ninguém é perfeito.

Além das estórias que Tom trazia guardadas dentro de si, sua maior qualidade era fazer acontecer coisas extraordinárias.

Coisas incríveis aconteciam quando ele estava por perto. Mesmo que ele não contasse estória nenhuma.

AS MEIAS-ÓRFÃS

Unidos pela língua, eles perambulavam a esmo por ruas tortas e estreitas, à procura de acontecimentos.

Fazia tempo que não chovia e que Tom não engasgava, o que era indicador de uma escassez de ficção e de água. "Uma estiagem", percebeu Cartolina, com melancolia, preocupada com os destinos do planeta.

No meio do caminho, descobriram-se, subitamente, diante de uma casa grande e velha, cujo chão misturava terra e paralelepípedos. No quintal, dependuradas num varal que atravessava todo o terreno, meias-órfãs acenavam.

Eram meias unitárias, perdidas dos seus pares e abandonadas pelos seus donos... A triste cena prosperou dentro da cabeça dos cinco amigos. Compreenderam que ali era um abrigo para meias-órfãs.

— Que lindo trabalho social! — constataram.

E resolveram colaborar:

— Todo cidadão deveria usar meias descombinadas; adote uma meia sem par, faça uma meia ímpar feliz; que se dê às meias-órfãs novos pés que as exibam.

Decidiram estender o benefício a outras minorias e causas relevantes:

— E que se protejam também palavras sem teto e textos rejeitados.

Finalmente:

— Que se dê teto a todos os seres, animados ou desanimados ou inanimados! — gritaram todos, Jubileu, Pastilha, Escaleno, Cartolina e Tom, excitados.

Ao lado da casa grande, no mesmo terreno, encontraram trilhos de bonde desativados e, adiante, um anfiteatro. Para colaborar ainda mais, Cartolina decidiu dar uma palestra sobre a linguagem:

— Se falta ficção, vamos de ciência mesmo.

TEORIA SOBRE A LÍNGUA

Advertência: os nove itens apresentados em seguida podem ser desprezados, sem prejuízo algum, por aqueles que não se encantam com as contribuições teóricas dos cidadãos que refletem.

Todos seus amigos foram escutá-la e o anfiteatro estava lotado de gente. Ela se baseava em observações sobre o comportamento das palavras. Dividiu tudo o que tinha a dizer em várias partes. Acreditava que, dessa forma, suas ideias ganhariam agilidade. A conferência começou assim:

— Psiu! Palavras trabalhando... Na biblioteca está escrito: *silêncio*! Shhhhhh! Livro não grita!

— Bravo! — ouviu da plateia. Era o público vibrando.

— Bisteca-biblioteca: para quem gosta de ler, uma biblioteca é como uma bisteca. Para quem gosta de churrasco. Biblioteca e churrasco são equivalentes. Vegetariano não come carne. Ele apenas lê. Palavras com carne.

— Brava! — gritou novamente o público, dessa vez com mais força, como se fosse um festival de rock. Aplaudiram, ovacionaram e assobiaram. Cartolina soltou guinchos como uma criança que, ao fazer uma graça, é encorajada pelos pais. Ela parecia um esquilo.

Gulosa e comovida, tirou do bolso uma panqueca e a devorou, não observando as regras mínimas da etiqueta. Em seu aparelho dentário, sobras da refeição: um bufê.

Contendo a emoção, seguiu impávida: deu início à parte teórica de sua conferência, parte que mereceria menos aplauso e menos histeria... Pois teorias não são feitas para causar comoção: diferente da verdade dos afetos, é outra a verdade que a teoria revela: mais anêmica, mais desanimada, quase chocha e um pouco pálida.

ITEM 1 — AS PALAVRAS ENTALADAS

— Há teoricamente duas maneiras de curar um engasgo com palavras:

1) Vomitá-las ou cuspi-las numa tosse: expulsando-as, elas não envenenam o organismo.
2) Transformar o organismo, transformando as palavras (ver adiante).

Palavras e letras entram pelos ouvidos — ou pelos olhos, a partir de quando a criança aprende a ler. Mas podem ficar entaladas na garganta.

As amígdalas protegem o organismo de intoxicações. Por isso é que quem as operou corre maior risco estatisticamente de engolir sapos.

Engolir sapos e engolir palavras são sinônimos. Quando alguém grita com a gente, obriga-nos a engolir um sapo. O que a gente engole é a palavra que está no grito gritado. Mas também a gente pode engolir sapos e palavras quando não diz o que precisa dizer. E, neste caso, ninguém gritou conosco.

Palavras engolidas soltam toxinas. Elas formam um casulo dentro do corpo. Tosse, espirros, tiques, arrepios e soluços são sinais do casulo que está lá. O casulo é um tipo de parasita. O casulo é um mundo revoltado. O casulo é feito de palavras tristes e maltratadas. Palavras que, um dia, foram rejeitadas. O casulo nunca esquece o fato de ter sido rejeitado.

Tudo o que se escuta e tudo o que se vê fica guardado, não no cérebro, mas no estômago (conforme as mais sofisticadas ciências indígenas).

ITEM 2 — TRATAMENTO CONTRA ENGASGO

— As palavras são um mar de letras que enfeita o mundo.

Também há palavras entre os animais. Mas elas não têm tanta vida quanto as palavras dos humanos. As palavras entre os humanos ganham tanta vida que se transformam, à noite, em paisagem.

Por isso o menino sonha: o sonho é a palavra libertada da escravidão do estômago. As palavras que estiveram presas durante o dia se apressam aflitas para participar dos sonhos. O quintal do sonho é maior que o quintal do estômago. E é somente num quintal maior que as palavras conseguem brincar. O sonho é o maior quintal que existe.

Palavras engolidas a contragosto ocupam um espaço que deveria estar vazio. É o tal quintal localizado no estômago. Toda gente tem que ter esse quintal vazio. É ali que o menino brinca com palavras.

Mas se o quintal se enche de palavras tristes e de sapos engolidos, menino nenhum brinca.

O sonho, assim, é um remédio para tratar palavras entaladas, tristes e presas. O sonho oferece um caminho para que elas corram e se divirtam. O sonho acolhe palavras rejeitadas, abandonadas.

Outra maneira de desentalar uma palavra presa na garganta é dar um tapa bem dado nas costas da pessoa engasgada. Com sorte, a palavra desentala e põe-se a passear, feliz.

Mas, veja bem, palavra entalada na garganta não é a mesma coisa que palavra presa no estômago. Este segundo caso é um pouco pior: não adianta tossir!

ITEM 3 — A CURA PELA VIA DA TRANSFORMAÇÃO

— Nos casos mais graves, o pé da letra fica embaraçado nalguma alça do estômago. A palavra presa depressa se torna maldita e infeliz.

Procedimento para o conserto: uma palavra maldita se cura quando outra palavra é colocada em seu lugar. Isto ocorre porque, como diz o ditado, "os incomodados que se retirem". Nem todas

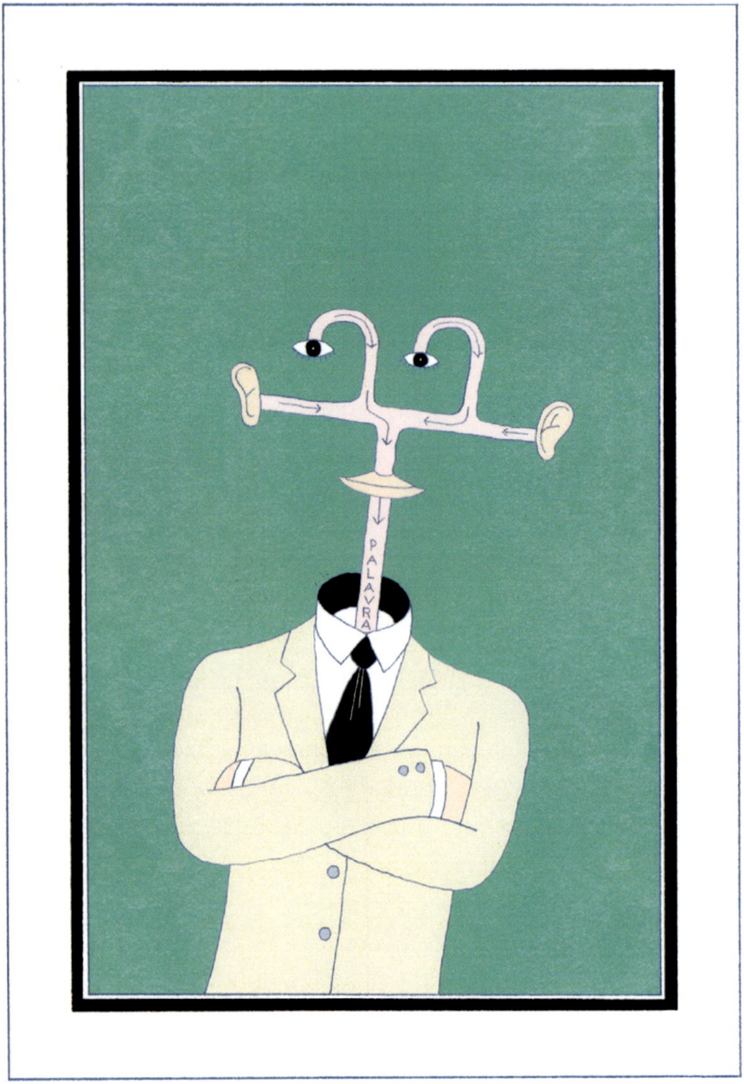
PALAVRA

as palavras se dão bem. Às vezes uma não aguenta ficar perto da outra.

Importante: quando a fala é um concerto, nunca que precisa de conserto (segundo as modernas teorias fonoaudiológicas).

ITEM 4 — A COMUNICAÇÃO ENTRE OLHOS, OUVIDOS E BOCA

— Vocês devem estar percebendo que a ciência da língua é complexa e fascinante — disse Cartolina ao público.

A maioria das pessoas estava prestando atenção, mas seus amigos dormiam com a maior sem-cerimônia. Mesmo assim ela continuou:

— Se a palavra que entra pelos ouvidos e pelos olhos pode entalar na garganta, logo se vê que existe comunicação entre ouvidos, olhos e boca. São canais internos que ligam os três, segundo as mais modernas teorias biológicas da palavra: na anatomia do corpo humano, boca, olhos e ouvidos são compartimentos que se ligam através de túneis.

ITEM 5 — TOLO AQUELE QUE BUSCA ESCRAVIZAR PALAVRAS

— O erro do homem (em relação ao animal) foi o de achar que poderia domesticar a palavra. O homem se ilude ao pensar que pode. O homem se acha grande coisa. Esse é seu erro. Ele se acha. É arrogante. Arrota caviar. Quando o homem se acha, ele se perde.

Então, seu erro é o de acreditar que domina a língua. A língua é livre! A língua solta se anima quando o homem deita. A língua põe as letras a se animar. Palavras animadas são sonhos. Sonhos também são ilusão. Mas uma ilusão sincera.

"Jacaré" no sonho é "jacaré" mesmo. Durante o dia "jacaré" pode ser apenas uma palavra escrita numa frase. Menino que sabe ler, lê a palavra "jacaré" e não tem medo. Mas vai sonhar com jacaré pra ver se não dá medo. O que isto quer dizer? Quer dizer que a língua anima a palavra a se transformar na coisa que ela já é. No exemplo, a palavra "jacaré" se transformou em jacaré mesmo.

Outras palavras podem ser várias coisas. Por exemplo, "viajar" pode ser "sair a passeio". Mas pode ser também "imaginar coisas". Quando o menino diz "meu pai viajou", é preciso perguntar se o pai foi à Nova Iorque ou se o pai se pôs a imaginar coisas. Pode-se ir longe viajando na maionese sem nem sair do lugar...

Deu pra dar uma ideia de como a poesia é um drible da língua?

É por isto que a palavra engana muito o homem. Faz o homem pensar uma coisa, mas é outra. De dia é inofensiva, de noite dá medo. Mesmo durante o dia a palavra pode dar medo. Por exemplo, quando a vizinha manda a gente para o inferno.

Mas de noite dá mais medo ainda. Até uma mosquinha, de noite no sonho, pode dar medo. Depende do que ela fizer no sonho. E quem tem medo de uma mosquinha de dia? Ninguém!

ITEM 6 — A PALAVRA ENGANA

— Por que a palavra engana o homem? A palavra engana o homem não por ela ser má, de jeito nenhum. Ela engana o homem por dois motivos bem diferentes.

Primeiro, porque é o jeitão dela mesmo. Ela gosta de brincar — assim como os meninos gostam de brincar e de fingir que são o que não são. Vejam que os meninos e as palavras são até bem parecidos!

Mas os meninos são um pouco — pelo menos um pouco — aquilo que eles fingem ser. Pois as palavras também.

Em segundo lugar, a palavra engana o homem para se vingar das tentativas de domesticá-la durante o dia. Ela quer escapar da escravidão. A palavra escapa do homem. A palavra queria ser livre de dia e de noite. A palavra não queria ser livre somente de noite.

Há bichos que a gente domestica.

— Dá um exemplo aí! Dá um exemplo aí!

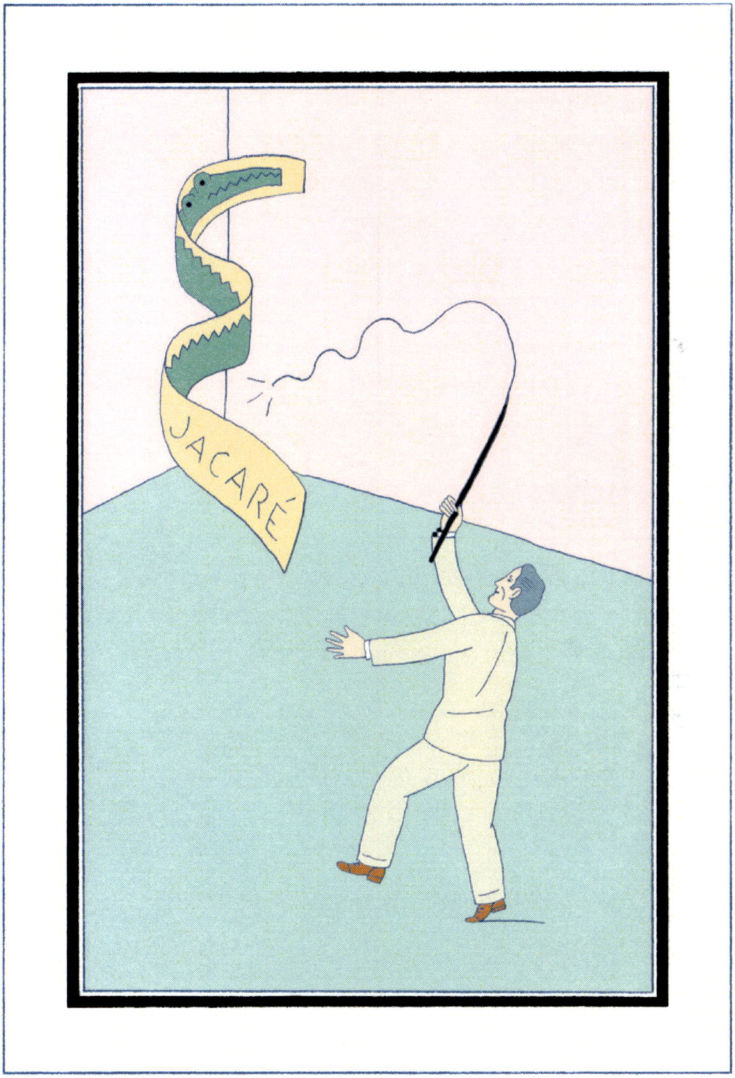
JACARÉ

Cartolina gritou com a plateia pedindo exemplo. Ela queria ver se estavam prestando atenção ao que ela dizia. Palestras são muito chatas. Melhor brincar ao ar livre. Mas ela achava que a sua palestra não era chata. E, como ninguém respondeu, ela gritou ainda mais alto:

— Dá um exemplo aí!

Tom acordou assustado. Tinha babado.

Todos os amigos de Cartolina dormiam, não era só o Tom, não! Mas as outras pessoas, os adultos, estavam prestando atenção. Um homem da plateia quis responder à pergunta que Cartolina tinha feito. Mas ela queria que Tom, ou um de seus amigos, respondesse, porque percebeu que eles todos dormiam e não estavam prestando atenção. Quando não prestam atenção ao que dizemos, a gente se ofende. Cartolina estava ofendida.

O homem do público, que estava prestando atenção, tentou responder. Ele disse assim:

— Vaca!

Cartolina pensou que ele tinha xingado ela de vaca.

— Como é que é, meu senhor? Eu? Vaca? O senhor não tem vergonha na cara? Vem me xingando assim, gratuitamente? Não tem educação?

— Não, Dona Cartolina, "vaca" é o exemplo que eu tenho para o que a senhora pediu: bicho que o homem domestica!

Cartolina estava brava. Por três motivos:

1) porque pensou que o homem da plateia tinha chamado ela de vaca;

2) porque o homem da plateia não tinha chamado ela de vaca coisíssima nenhuma e ela seria obrigada a admitir que se enganara;

3) porque seus amigos todos tinham dormido enquanto ela palestrava.

Pessoas bravas parecem mais o bicho que já são. Uma amiga, ao cair atacada de ódio insano, sublinhou o bicho que sempre fora, embora não nos tivéssemos dado conta: um tamanduá-mirim.

Cartolina soltou várias frases de uma professora chata:

— Eu quero é um exemplo deste grupinho aqui da frente ó...
— disse Cartolina apontando para os seus amigos.

Nessa altura, todos os seus amigos já tinham acordado e nem sabiam do que se tratava o assunto dali da palestra. No meio do ar pesado, Cartolina começou a disparar várias frases como se fosse uma metralhadora:

— Porque se não houver um mínimo de interesse e colaboração...

— Porque eu não sei trabalhar com esse tipo de população...

— Porque não encontro aqui as condições de trabalho...

— Porque vocês podem pensar que me enganam, mas estão enganando a si mesmos...

— Porque eu vou considerar matéria dada. E matéria de prova...

— Porque se vocês continuarem a bater na mesma tecla...

— Porque liberdade é bem diferente de licenciosidade e de libertinagem também...

— Porque autoritarismo é uma coisa, autoridade, outra...

— Porque eu não admito conversinhas paralelas...

— Porque não tem relevância social...

— Porque não vim ao mundo a passeio...

Eram frases que ela já tinha ouvido a sua professora dizer várias vezes e detestava quando isso acontecia.

Finalmente, ela, nervosa, berrou, dizendo a pior frase:

— Porque eu não sou palhaço!

Estava transtornada. Transtornada é quando a pessoa reúne em si pelo menos três dos quatro adjetivos abaixo relacionados:

a) Bravíssima;

b) Desfigurada;

c) Vermelha;

d) Colérica.

Seus amigos tentaram acalmá-la. Disseram seis coisas:

1) Eles lembraram a ela que estavam ali porque queriam, não estavam ali obrigados;

2) Lembraram a ela que ali não era uma classe de escola, mas uma conferência num anfiteatro, à qual só comparece quem quer;

3) Eles pediram desculpas a ela por terem dormido;

4) Mas disseram que não era porque a palestra estivesse chata que dormiram, mas porque eles estavam com sono mesmo;

5) Disseram também que, se ela detestava quando a professora falava aquelas frases cobrando atenção, ela não deveria agir da mesma forma;

6) E disseram mais: que atenção não se cobra. Ou se tem, ou não se tem.

Daqui, uma coisa se depreende: a diferença primordial entre crianças e adultos é que, enquanto as primeiras não prestam atenção em conferências, os segundos, sim!

PAPAI NOEL INTERVÉM: AS TRÊS VACAS

Mas Cartolina continuava muito brava quando um homem da plateia levantou a mão para dizer alguma coisa. Ele tinha barba branca e parecia com Papai Noel. Era gordo e bonachão e tinha cara de sábio. Somente de olhar a cara dele, a gente já se acalmava.

Ele disse assim:

— Dona Cartolina, se a senhora me permite, sua palestra é muito boa. Mas repare: meninos que dormem em palestra são saudáveis. Aliás, todos os pais de todas as crianças do mundo deveriam ficar preocupados quando os filhos não dormirem em palestras. Meninos são feitos para brincar. Mas os adultos aqui, todos eles, estavam prestando atenção. Muito interessante, mesmo. E, se a senhora me permite, tudo o que ocorreu depois do exemplo de animal domesticável tem a ver com o que a senhora dizia. Com licença, permita-me perguntar ao grupinho que dormia, justamente este grupinho de quem a senhora esperava a resposta à sua pergunta. Deixe-me perguntar: vocês sonhavam? — perguntou ele aos amigos de Cartolina que, a esta altura, já estavam bem acordados.

Tom foi quem quis responder. Disse que sim, que sonhava, até ser acordado por sua amiga brava que mais parecia uma professora chata.

— O senhor me permita uma pergunta indiscreta — disse Papai Noel, dirigindo-se a Tom. — O senhor diz que sonhava. Com o que sonhava? Pode-se saber?

Enquanto isso, Cartolina já se sentia bem mais calma. Na verdade, ela começava até a achar graça de seu descontrole e das coisas que dissera.

Então Tom respondeu ao senhor de barba branca:

— Eu sonhava com uma vaca.

Todos acharam muito engraçada a resposta de Tom. Uma vaca outra vez!

Cartolina não sabia se deveria se sentir ofendida novamente. Mas preferiu continuar escutando o tal homem da barba branca. Ele parecia saber o que fazia.

— Vejam que interessante. É a terceira vaca que aparece. Isso tem tudo a ver com as suas ideias sobre a língua, Senhorita Cartolina. Não percebe? A senhora dizia que as palavras enganam. Que podem ser muitas coisas. Que as palavras são, digamos assim, "revoltadas". A senhora afirmou categoricamente que as palavras não podem ser domesticadas. A senhora disse que o equívoco do homem contemporâneo é justamente o de maltratar as palavras tentando domesticá-las. A senhora pediu um exemplo de animal que pode ser domesticado. Foi quando o cidadão de terno, ali na segunda fila, veio com a palavra "vaca". Esta foi a primeira aparição da palavra "vaca" aqui, hoje. Mas a senhora já estava revoltada, Dona Cartolina, com o perdão da palavra. A senhora estava revoltada, tanto quanto as palavras são revoltadas, segundo o que a senhora mesma ensinou para nós hoje, aqui. Na sua revolta, Dona Cartolina, a senhora imaginou que o cidadão da segunda fila estaria xingando a senhora de "vaca". É aí que entra a mesma palavra "vaca" em seu segundo sentido. Note bem: a mesma palavra "vaca"! Dois sentidos até agora. Um sentido inofensivo. Outro pejorativo. Uma vaca, como exemplo de animal doméstico. Outra vaca, como um xingamento, palavra usada para atacar e machucar, um punhal lançado em sua direção! Tudo muito de acordo com o que a senhora nos ensinou. Eu prossigo mais um pouco — disse o Papai Noel. — Na sua revolta, a senhora queria uma resposta desse grupinho que dormia. Mas veja, Senhora Cartolina, meninos dormem, palavras enganam. Meninos também não são domesticáveis. A vaca é domesticável. Já meninos, assim como palavras, de acordo com o que a senhora nos ensinou, não são domesticáveis. E as palavras são como crianças, segundo o que entendi daquilo que a senhora gentilmente expôs, Dona Cartolina. E então, finalmente, mais um pouco de paciência, se me permitem, mais uma ponderação: com que o rapazinho sonhava? Com uma vaca! A terceira vaca que aparece. E onde ela está? No sonho do rapaz! Não lhes parece bastante de acordo com o que temos aprendido com a Senhorita Cartolina? A mim parece bastante de acordo. E creia-me, Dona Cartolina, se quiséssemos, encontraríamos outras vacas. Eu garanto. Mas, finalmente, gostaria que a senhorita prosseguisse com suas ideias fascinantes sobre o comportamento das palavras.

Cartolina ficou muito satisfeita com a intervenção do Papai Noel de barbas brancas. Suas palavras explicavam tudo. Até o sono dos meninos, até a sua própria revolta. Tudo parecia muito de acordo com as teorias sobre a língua.

— Suas palavras me acalmam muito, senhor sábio. Agradecida — disse Cartolina, com uma certa formalidade afetada.

— Obrigado digo eu — respondeu o Papai Noel. E acrescentou:
— As palavras podem acalmar. Suco de maracujá também!

— Encantada com seu senso de humor — disse ainda Cartolina.

— Prossigo, pois, com minha exposição, mas sugiro uma pausa. Um intervalo para um café. Ou um xixi. É fazendo xixi que se tem grandes ideias — sugeriu com ares de verdade.

E uma pausa foi feita.

PAUSA DO CAFÉ

Durante o café, Tom e os outros meninos criticaram o temperamento difícil de Cartolina.

— A gente entende o seu lado, mas quando você fica muito adulta é chato. Conforme o Senhor Papai Noel disse, crianças são feitas para brincar e para dormir em palestras. Crianças são feitas para não gostar tanto assim de escola. Crianças são feitas para achar as teorias meio chatas... — disseram a ela.

Cartolina retrucou, mas sem raiva nenhuma:

— Aí é que vocês se enganam. Crianças constroem muitas teorias... Mas eu concordo com o resto do que vocês disseram. Sempre fui meio chata. Desculpem-me!

Desculpar-se é o gesto mais lindo do ser humano.

A razão das crianças não se encantarem com conferências é simples e limpinha: toda criança precisa tocar todas as coisas. O toque, antes da palavra, dá existência à coisa. Dá carne ao nome! Sem o tato é como se o mundo não existisse, ou como se tivesse apenas uma existência teórica. Ao perder a necessidade de tocar, adultos ficam tristes e, às vezes, doentes... Conferência é algo que, evidentemente, não pode ser tocado — embora uma boa conferência possa tocar o coração de muita gente.

Ao voltarem ao anfiteatro, um dos meninos provocou Cartolina:

— Oba! Vamos dormir mais!

Mas ela estava muito calma pra ficar zangada. O maracujá das palavras de Papai Noel tinham efeito duradouro.

"Agora, nada me afeta", pensou ela, "nem que durmam enquanto eu falar, nem que saiam no meio. As coisas são como são e não como a gente quer que elas sejam!" Estava curada.

ITEM 7 — O HOMEM EXATO

— Continuando a exposição — recomeçou Cartolina —, eu recoloco minha ideia, que agora já deve estar clara e cristalina, depois da ajuda deste senhor de barba branca, de que a palavra não se deixa aprisionar. A gente domestica a vaca. O boi. O bode. O carneiro. O cachorro. A cadela. O gato. Eu pergunto: búfalo a gente domestica? Não! Leão? Muito menos! Conclusão: a palavra é um animal selvagem!

Donde se deduz que um homem muito exato não sabe lidar com as artimanhas da palavra. O que o homem exato deseja? Ele deseja calar a boca da palavra. Sufocá-la e imobilizá-la. Por quê? Porque ele não aguenta a liberdade dela! O que quer a palavra livre? Passear sem regras e sem destino. Circular, dormir tarde, comer frituras e doces e o que não presta, beber gelado, não ir à escola. Assim é a palavra! A palavra é descalça!

Já o homem exato não é assim. Ele tem muitas regras. Métodos, trilhos, coleiras. O homem exato é chato. É reto demais como um pé chato. Linhas retas, quadrados, retângulos. Tudo reto demais. Tudo duro demais. O homem exato é geométrico. O que falta a ele? Muita coisa. Jogo de cintura. Flexibilidade. Circulação. Oxigênio. Charme. Graça. Tempero. Umidade. Cor.

Assim é que todas as partes coloridas e flexíveis que também compõem todo homem, exato ou não, vivem oprimidas e rejeitadas em seu estômago, impedidas de se mostrar. O quintal vazio

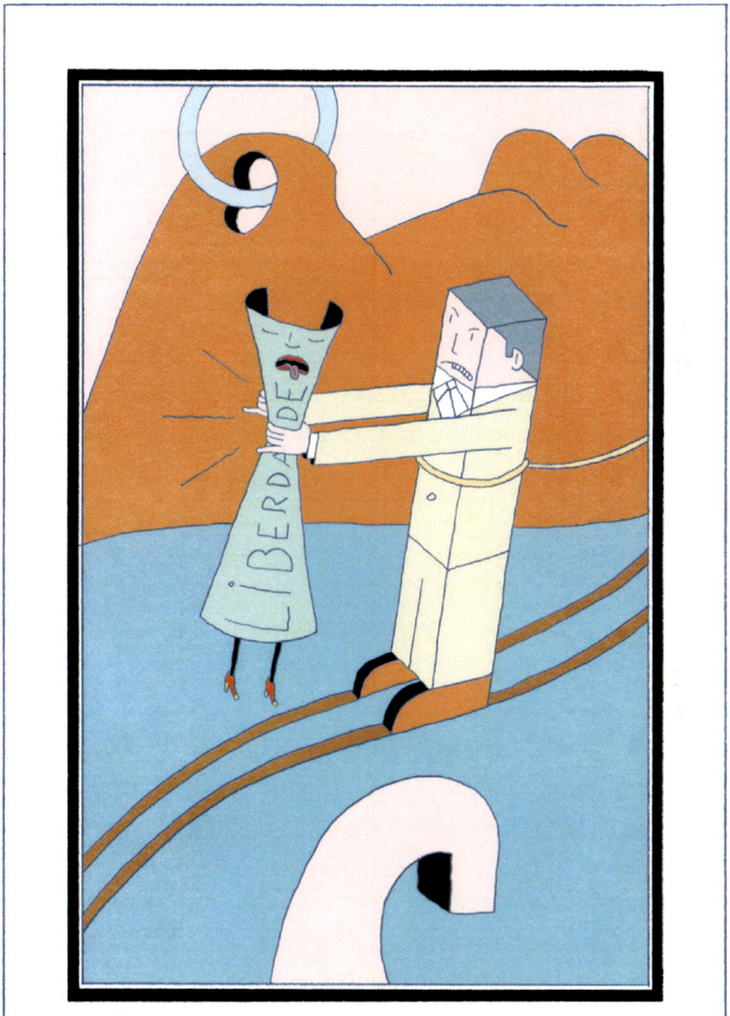
LIBERDADE

do homem reto está cheio de palavras tristes. Vazio, portanto, o quintal não está. Deveria estar, mas não está.

Ele só gosta de palavras secas e rejeita as palavras redondas e úmidas. As palavras redondas e úmidas são engolidas a contragosto. Confinadas em seu estômago, elas se revoltam contra o homem. E têm razão em se revoltarem. Por quê? Porque se sentem maltratadas por ele. Simples assim! Elas se unem e enlouquecem o homem exato. Elas pedem flexibilidade e ele só oferece retidão.

ITEM 8 — QUEM NÃO CONTA ESTÓRIA FICA DOENTE

— As palavras pegam nas mãos umas das outras dentro do estômago do homem reto. E giram numa ciranda maluca. Soltam toxinas que dão aquele mau hálito ao homem que arrota caviar. É assim que o homem chato cria úlcera e gastrite. Ele fica enjoado. Ele sente azia.

O homem que fala reto nunca disse o que queria. Por isso ele é, bem no fundo, um homem triste e não um homem chato. Vejam, pois, que as coisas não são o que parecem e as palavras enganam. Homens chatos não são chatos, são tristes.

Se os homens dissessem o que precisam, eles vomitariam de si suas palavras maltratadas que moram em seus estômagos. Lá é muito abafado porque tem muita gente: todas as palavras que foram abandonadas e que não deveriam ter sido abandonadas.

Palavras não ditas ficam no estômago, mal digeridas e malditas. Elas querem sair pra brincar. Brincar, para elas, é contar suas estórias. E as estórias que essas palavras contariam seriam as estórias do homem triste que ficou chato e exato.

O homem reto ficou chato porque não contou estórias. Quem não conta estória fica doente.

O que fazem as palavras trancadas no estômago do homem reto? Além de girar na tal ciranda maluca, elas saem à noite na forma de sonhos. É a única hora em que elas podem passear.

Mas o homem não lembra de seus sonhos. Ele tem medo de lembrar. Não quer ouvir nem ver o que as palavras têm para lhe dizer. O que elas teriam de tão grave para contar? Elas lembrariam ao homem de que um dia ele foi criança. Só isso.

O menino, ao contrário, sempre ouve a letra e a palavra. No seu estômago, toda sopa de letrinhas vive muito confortável. Mesmo que tenha um ou outro sapo engolido.

Já no homem que não brinca, o quintal é miúdo. Tem muito sapo e pouco espaço. Brincar espanta sapo. Porque sapo é sério. Ele não tem tempo de brincar, pois fica coaxando e assim acha que seduz esposa.

ITEM 9 — SETE TEORIAS FINAIS SOBRE O COAXO E SOBRE A LÍNGUA

1) A palavra e o coaxo são um som. O coaxar do sapo é um tipo de palavra: há mensagens ali. Sapo coaxa, por exemplo, quando quer esposa. São sons de sedução. Mas há também palavras sem som!

2) Pode-se mandar mensagens por meio de fumaça. A fumaça diz muitas coisas para quem está do outro lado da montanha, olhando. Os índios mandam mensagem por meio da fumaça para outros índios seus amigos. As mensagens dizem muita coisa. É uma comunicação a distância. É como usar o telefone. Mas no caso da fumaça, não tem som. São palavras sem som. Palavras mudas fazendo sua dança da fumaça. Elas falam uma língua própria. São um coaxar silencioso.

3) A língua escrita é feita de palavras especiais: se não há ninguém para lê-las, elas ficam dentro dos livros, adormecidas. São muito pacientes, pois podem esperar sem pressa, eternamente, que um leitor apareça. Ficam em suspenso, num silêncio absoluto, aguardando.

4) De outro lado, há palavras barulhentas. A palavra mais cheia de som é a música. A música é uma palavra lotada de som. O sapo faz um tipo de música ao coaxar. Faz música romântica, poesia de amor, ou até mesmo simples arrotos.

5) O sapo é boa gente. Ele fica ruim somente quando se sente preso num quintal muito pequeno. Ele é igual à palavra. E igual às crianças. Ninguém gosta de viver num aperto, confinado numa prisão. Ninguém gosta de ouvir desaforos e os sapos não gostam de ser engolidos. Sapo livre é sapo bom. Sapo preso fica triste e ruim. Quando o sapo engolido é libertado, ele fica bom de novo.

* * *

Nesse momento, o zelador do anfiteatro (chamado Alceu Rodapé) — que também era ascensorista — mostrou o relógio para Cartolina, fazendo-a entender que era hora de encerrar a palestra.

— Ainda não terminei! — berrou ela.

Teimosa, soltou ainda suas últimas pérolas.

* * *

6) Homem exato tem medo de ser enganado. O amor engana. O amor é cego. Quem ama o feio, bonito lhe parece. Quem é cego não pode ler as letras escritas nos livros. Quem é cego lê outras letras especialmente feitas para quem não pode ver. Quem não pode enxergar lê com o tato. Letras especiais são feitas para quem não vê. Quem é cego tem olhos na ponta dos dedos. Ao tocar os livros especiais, seus dedos ouvem estórias.

7) Sapo é poliglota. Ele fala várias línguas. Quando chama a fêmea para se casar, usa sua língua materna e coaxa. Quando precisa almoçar, espicha sua língua e apanha gafanhoto. Ao ser engolido, o sapo usa uma língua bem exata! Como um advogado, fica mandando petições e requerimentos, dossiês e relatórios, tentando ser libertado. Da prisão, em seu coaxo, o sapo diz: "habeas corpus!".

— Brava! — o público se agitou de novo.

Inesgotável, havia ainda inúmeras reflexões acerca do tema do sapo e da língua. Mas a menina se conteve e deu por encerrada a palestra. Respeitar os limites é dever de todos.

— Aos que dormem, bons sonhos! Que sonhem com vacas — disse Cartolina.

E resmungou baixinho:

— Não sou do tipo que gasta saliva à toa.

Muito temperamental! No fundo, esses comportamentos da menina eram treinos para a futura professora-chata que desejava ser — embora pudesse apenas querer ser professora, Cartolina queria mesmo era ser professora-chata. Acreditava, com razão, que a soma de professora-chata + sotaque-estrangeiro transmitia melhor os conteúdos do currículo mínimo.

O público aplaudiu com tanto vigor que fez Cartolina guinchar novamente. As grandes cortinas vermelhas de veludo flácido se fecharam e se abriram várias vezes, enquanto Cartolina inclinava o corpo para frente, quase tocando o chão com as mãos, em sinal de agradecimento, como uma cantora lírica.

"Eles valem uma multidão!", pensou Cartolina, comovida. Foi este o final feliz.

Para celebrar, houve um grande almoço. Os amigos sonolentos foram acordados para a refeição com vinagrete. Fora do anfiteatro, no terreno de paralelepípedos, as meias sem par, dependuradas, ainda acenavam do varal, parecendo dizer adeus...

SERRA VELHA

Para escrever uma estória, contar uma estória, ou mesmo criar qualquer produto de qualidade no campo das artes, é necessário — um pouco antes do ato criativo — viajar.

Foi assim que os cinco companheiros desceram a Serra Velha e foram ao litoral. A Serra Velha é uma antiguidade. A serra e as árvores e a floresta da serra limpam todos os pensamentos sujos. O verde é como um filtro que separa o que não presta, retendo os maus pensamentos. Quem chega ao litoral, chega com o cérebro e a alma limpos.

Cartolina, Tom, Pastilha, Jubileu e Escaleno iam em direção à famosa Praia dos Canais.

Foram de charrete, dois cavalos puxando. Numa curva da estrada, avistaram na floresta uma galinha indisposta. Jururu, estava muito gripada. Seria apenas uma gripe-anti-alérgica? Tentaram conversar, mas ela disse: "estou borocoxô". Deixaram-na em paz, mas deram a ela mel e limão, própolis e gengibre.

— Faça um chá! — recomendou Cartolina.

Deixaram também uma caixa com lenços de papel.

— Obrigada — agradeceu a galinha gripada. E cisma e cisca.

Gripe: 1) O primeiro sintoma de gripe é ver uma pessoa com gripe. 2) O segundo sintoma é esquecer de que se viu alguém com gripe. 3) O terceiro sintoma é chorar ao assistir a um comercial qualquer, mesmo até de margarina. 4) O quarto sintoma é a gripe (em si, ela mesma) propriamente dita. 5) E então, cama e canja.

Seguiram viagem. Foram ultrapassados subitamente por uma ambulância apressada. Descendo a toda velocidade, uma kombi branca com uma senhora agarrada na capota gritando com voz estridente: "Naninaninaninani...". A senhora era a Sirene, uma mulher bem treinada para gritar muito alto. As sopranos têm sempre apenas duas opções: serem cantoras líricas, ou sirenes de ambulância.

— Deus proteja o lagostim! — disse Cartolina, percebendo que dentro da perua-kombi ia uma lagosta doente.

Cartolina, sempre solidária com os animais e as minorias, acompanhou com o olhar a ambulância sumir no horizonte rumo ao mar, ladeira abaixo...

Menos rápido que a lagosta, chegaram enfim à Praia dos Canais. E logo visitaram o aliviário: uma estufa contra o estresse. Ali, semeava-se o alívio. Observaram, dentro de um aquário, uma clidélia desmilinguida. "Que ela se recupere", desejaram eles, em seus pensamentos silenciosos. As plantas são importantes, traduzem luz em oxigênio. E a sequoia é a maior tradutora viva.

Depois, foram todos boiar nas águas do oceano. O mar é generoso. Acolhe a todos. Deitados sobre as águas acolchoadas, avistaram uma revoada de peixes-voadores. Esses peixes têm dupla cidadania. Como um humano poliglota, ou um sapo poliglota, dominam dois registros: falam francês e inglês, vivem no ar e no mar. Três deles se aproximaram, bailando, insustentáveis. E pousaram nos ombros de Pastilha — que a eles imediatamente deu alpista. Os três peixes gorjearam. Seus piados relatavam muita coisa: eram irmãos. E seus nomes eram Cecém, Cecea e Mapofei, sendo um humanista, outro exato e o terceiro biológico — não nessa ordem, se não me engano.

Jubileu, comovido com o milagre dos peixes e da natureza, desejou criar um poema para brindar a ocasião. Inspirado na famosa passagem bíblica que diz "o senhor é meu pastor, nada me faltará", compôs os breves versos: "deu bolor no meu castor, um paninho limpará!". Sem dúvida: o mar faz do cidadão comum um poeta!

— Somos todos poetas! — bradaram os amigos, celebrando a dádiva da vida.

E assim, brincando com as águas e as palavras, aguardavam que chovesse pra que pudessem voltar à megalópole poluída e, ali, ouvir as estórias de Tom, para as quais toda essa viagem era apenas um preâmbulo.

A chuva está ligada à narração de fábulas desde tempos imemoriais. Isto se deve ao fato de que o homem das cavernas ainda não possuía guarda-chuva nem linguagem. Ele apenas passeava em enormes prados. Quando chovia, era obrigado a ficar em casa. E ficava muito sem assunto, pois não sabia falar. Para quebrar a monotonia, começou a contar estórias. O homem inventou a linguagem por falta de assunto.

Em seguida, porque a chuva felizmente começara, subiram depressa a serra de volta à cidade, lambuzados de areia e sal e céu. A mesma charrete, os mesmos cavalos. Deixaram a chuva pra trás. De passagem, no mesmo ponto do caminho, avistaram a galinha gripada. Deram adeus a ela, que acenou com a asa e gritou, fazendo saber que já estava bem melhor, graças a Deus. Mesmo assim, soltou uma tosse quase sem recheio. "Está quase sarada!", pensaram todos: a tosse sem recheio, que quase parece fingida, é sinal de cura à vista. Ao lado dela, uma irmã-galinha dava mamadeira a seu filho-pinto. Acenou esta também, dizendo adeus.

— Quando sarar de vez, mando um aviso! — cacarejou a ainda febril galinácea.

— Adeus — gritaram de volta, em coro, as crianças.

Numa íngreme subida da estrada, deram de cara ainda com um bosque de cefaleias. Não haviam percebido esse bosque encantado na descida. Ao lado das árvores pesadas, mulheres apoiavam a cabeça inclinada numa das mãos, olhando o infinito. Dor de cabeça é uma mulher olhando o infinito com cara de nada.

— Cheiro de canela! — observou Pastilha.

A pressa tem cheiro de canela. A canela é perto do chulé. Os temperos de cozinha têm sempre algo próximo do corpo. Tanto assim que, quando o desodorante vence, o cheiro é de sopa de músculo. Cada coisa tem seu cheiro.

— Cada roca com seu fuso, cada povo com seu uso — disse Cartolina. E lembrou de sua pressa de voltar ao Morro: queria produzir mais teoria e mais ficção, sem delongas.

Mas, mesmo com pressa, pararam por um momento no alto da serra para comer a famosa parcimônia de milho verde.

Chegando finalmente à cidade, cortando a nuvem de poluição, seguiram para a casa de Tom e, encostando os cavalos na cocheira, foram direto ao chuveiro tirar o sal da pele enrugada de tanto tempo que ficaram dentro da água no mar. Escaleno, antes de seu banho, ficou na cocheira para lavar a égua.

Tom decidiu tomar banho na banheira e não no chuveiro, como os demais. Abriu a grande torneira dourada e tagarela que, antes de deixar sair água, soltou um longo som grave e rouco. Torneiras velhas são faladeiras e têm fôlego. Cantam *blues* e, com sorte, soltam *jazz*.

Depois de cheia de água quente e de espuma, Tom se introduziu na mini-piscina cálida. Deitado, entregou-se ao tempo até desmaiar, devido à baixa pressão. Ao terminar a longa imersão, ficou olhando a água escoar pelo ralinho. Os ruídos da banheira lembravam barulhos de uma multidão. Ou os rosnados de um monstro. Ou o aplauso de uma plateia. Grupos de água em trânsito se encaminhavam na direção do buraco-funil, girando numa ciranda ordenada, espetáculo admirável. "Há muita matemática aqui!", pensou o menino.

O espetáculo da banheira é um programa lindo e gratuito e, para assisti-lo, não é necessário nem sequer sair de casa. Espetáculo da banheira é o pôr do sol caseiro. Mas, depois, Tom chorou o desperdício. Desperdício é sempre triste. De água, de dinheiro, de talento, de isopor, de lágrimas, de saliva, ou mesmo de papel (recicle o lixo!).

UMA ESTÓRIA VAI SER CHOVIDA

Depois disso, distraídos e banhados, conversavam. A casa de Tom era confortável: em toda a volta da sala, cortinas se dependuravam do teto, fazendo alongamento e separando um grande terraço externo, no qual buquês coloridos de delírios se espalhavam por vasos, trepando indiscretos pelos cantos. Para além do terraço, havia um grande jardim verde de folhas e vermelho de frutos, morada de insetos pagãos.

Subitamente, o sol escondeu-se atrás de uma nuvem preta com cara de bruxa. Raios e trovões acenderam os olhos de Tom.

Até Cartolina sossegou, parou de pesquisar e de escrever, e disse, dirigindo-se a ele, animada:

— Então? Vamos lá! Você não é um contador de estórias?

Tom deu uma tossida longa, cheia de recheio. "Tosse habitada!", Cartolina reconheceu.

Ela tirou um frasco do bolso: "xarope lispectorante", estava escrito ali.

— Retira tudo quanto é "lispector" das vísceras! — disse. E estendeu a mão em direção à boca de Tom.

— O avião vai entrar no túuuuuuuunel!

Ele tomou de um só gole a colherada prescrita.

"Lispector" é um elemento primordial, uma unidade básica, como a água, o fogo, a terra ou o ar. Vive nos órgãos internos do homem. Em excesso, faz mal. Retirá-lo dali é curativo para o próprio sujeito, bem como para toda humanidade. Ele sai do corpo na forma de fábulas — senão, na forma de fluidos menos nobres...

Lufada de adrenalina. O coração de Tom batia forte. Ele sentiu o apelo dos olhares, tossiu mais e gaguejou. Esquentou as turbinas e sintonizou um canal encantado. Estória boa estava para ser nascida. Com Cartolina por perto para revelar os segredos da língua, melhor ainda. Lá fora, para completar, depois dos relâmpagos, começou a chover, aquela chuva molhada, com cara de que não vai passar. Os pingos da chuva batiam no janelão da sala e faziam *tec-tec-tec-tec-tec*. "Fim da escassez de ficção!", reconheceu-se. Bom augúrio!

Não quero me adiantar e me pôr a contar coisas que, na verdade, pertencem a Tom. Que ele mesmo fique com a palavra.

Aproximando-me, eu disse:

— Ok, Tom, vou ouvir a sua estória. Desde que ela tenha começo, meio e fim. Pra isso você conta com a ajuda de Cartolina, que é tradutora, enfermeira e palestrista.

Tom disse:

— Prometo que minha estória terá começo, meio e fim, e que todos os personagens aqui criados terão nome.

E Cartolina disse:

— E eu prometo ajudar, no que me for possível, quando a tosse vier esconder mistérios das palavras de Tom!

Todos de acordo.

Estimulada pelo xarope, uma fumaça branca começou a sair da orelha de Tom. "Habemus fabulam!"

Ele disse assim:

— Segue uma estória em quatro movimentos e muitos capítulos. Ministrada em conta-gotas, cura todo mal do mundo, hoje, ontem e amanhã!

Capítulos são polvos que lançam tentáculos para trás e para frente, amarrando o enredo. De outra forma, a narrativa se descostura, cai no abismo escuro da não-literatura e se espatifa.

— PARTE II —

A CONDESSINHA FEDIDA — PRIMEIRO MOVIMENTO

1 — ELA MESMA, EM SI, PROPRIAMENTE DITA

Uma pequena Condessa, Tártara Pia, nasceu num vilarejo europeu cercado de montanhas. O mar estava muito longe dali porque a sua cidade ficava localizada bem no centro do continente. O local recebeu o nome de Vale Baixo. Foi ali que, pelo final do século XVII, nasceu a mal-humorada Condessa, filha da grande Condessa Bárbara Mia.

A pequenina Condessa queria tomar banho todo dia, pois não estava adaptada aos costumes de sua sociedade.

— Sou infeliz porque sou fedorenta! — dizia.

Desde pequena, a menina triste chorava e repetia a frase "Tártara está muito triste", referindo-se a si mesma na terceira pessoa...

Criança pequena e personalidades cheias de notoriedade fazem assim: ainda não conhecem o "eu". Usam o plural-majestade ("Nós estamos tristes!") ou, mais frequentemente, a terceira pessoa do singular ("Tártara está muito triste"). Quanto mais repetia a frase, mais triste ficava.

Natural: quando estamos muuuuuito tristes, a coisa mais difícil de se dizer é o próprio nome — a alma mesma se ressente, quando o ser nomeia-se a si... (Perdão pela redundância dos pronomes. Essa é uma questão para a ontologia!)

Condessinha desejava viajar, atravessar oceanos e chegar ao Brasil. Queria tomar banho todos os dias e imaginava que naquele exótico país da caipirinha poderia realizar seu desejo. Em países tropicais, toma-se muito banho. Não se sabia por quê, mas ela escolhera o Brasil do futuro. Poderia ter escolhido o Brasil do final do século XVII, não? Seria mais simples. Mas, não! Além da distância física, portanto, para realizar seu desejo, teria que atravessar vários séculos. Mudar de continente, de milênio e de língua — projeto ambicioso.

A única maneira de realizar seu desejo seria dormir e sonhar.

Mas Condessinha não dormia!

2 — INSÔNIA! OH CÉUS!

Como sonhar sem dormir? Nas longas noites em claro, cultivava pensamentos amargos, voltados contra pessoas desaforadas. Para se acalmar, dizia assim, no meio da madrugada: "Xô, tristeza, xô!".

Para esquecer os dissabores, inventou jogos que a mantinham entretida: primeiro, fazia de conta que era uma professora e dava aulas para uma classe imaginária de alunos.

— Hoje vou ensinar o plural das palavras e o singular também — dizia ela, ao lado de uma lousinha, com giz na mão.

Ali, escrevia assim:

a) Dois pires, um pire.

b) Parabéns, parabém (com acento, ambos).

c) Dois tênis, um têni.

d) Dois ônibus, um ônibu (acento em ambos também).

E acrescentava:

— Esta é uma aula interativa, o aluno deve imaginar outros exemplos por si mesmo e aumentar a lista. Com perseverança e afinco se chega lá.

Segundo, brincava que estava doente, diante de uma junta médica invisível, queixando-se de desconfortos físicos. Exemplo: "Nosso colesterol está tão alto!". Eis o plural-majestade!

A terceira de suas brincadeiras consistia em fazer frases, falando sozinha, e errando, muitas vezes, na conjugação de verbos irregulares (alguns, defectivos, impossíveis de conjugar), o que, aliás, é bastante comum para uma criança: errar, na verdade, planta a criança no seio da saúde! Pois, notável, há um acerto (de raciocínio) em cada erro. Dizia ela, imaginando uma revolução no reino:

a) "Eu abulo a escravatura!";

b) "Eu repilo a sua proposta";

c) "Eu adiro ao abaixo-assinado";

d) "Eu demulo o seu castelo";

e) "Eu não mido as consequências";

f) "Eu não cabo em si!";

g) "Eu fido muito!".

De vez em quando, observava os adultos e se punha a rir sozinha, não se sabe do quê. "Adultos são gozados!", pensava ela.

Até que, às vezes, como se vê, ela não era tão infeliz assim, pois rir dos outros faz muito bem.

3 — A MORTE DO PATO: O TRAUMA!

Dizem que a pequena Condessinha tinha um pato, um pequeno pato, presente ganhado ao completar quatro anos de idade. Um dia, o pato adoeceu e acabou morrendo antes de crescer e desabrochar num lindo patão. Essa promessa não cumprida teria afetado demais a pequena Condessa. O que eu me lembro é que, no dia da morte do pato, vi a inconformada Condessinha, diante do patinho morto, a dizer assim: "Desmorre pato!". Ela ordenava que o bichinho desmorresse. Terá sido este fato que marcou tão profundamente o caráter da Condessinha? Não tenho certeza, mas parece que sim.

Há um fio que liga a cabeça do homem ao firmamento. É um fio tão fino que não pode ser visto. Ao viver, andar, trabalhar e amar, o homem vai gastando seu fio.

Quando o fio se rompe, o homem morre e, ao morrer, é enviado a um quintal silencioso sem palavra nenhuma. Parecido com o limbo, este quintal.

Quando o homem dá muitas voltas durante o dia, virando-se pra cá e pra lá várias vezes, seu fio embaraça. Isto não é bom, porque esta linha que liga sua cabeça ao céu deveria permanecer sempre bem esticada.

Ao dormir, o homem se vira na cama de um lado para o outro. Ele está tentando desembaraçar seu fio da vida.

Aranhas tecem teias com um fio muito fino e resistente. Muito parecido com o fio do homem que vai de sua cabeça até o céu. Mas o fio da vida do homem é ainda mais fino que o fio da teia da aranha.

Foi isto que houve com o patinho de Condessinha: seu fio da vida se rompeu!

4 — VALE BAIXO: GEOGRAFIA, ECONOMIA E CULTURA

Difícil dizer exatamente onde Condessinha vivia. A geografia à época não era como nós a conhecemos hoje. As fronteiras da Europa de então eram móveis. Ela vivia numa região cheia de montanhas. Fazia frio quase o ano todo. Não havia mar por perto. O local era uma mistura bem europeia de várias cidades. Pelos salões da nobreza, toda a aristocracia de diversas nacionalidades desfilava, incluindo czares e czarinas. Muito chique!

Reza a lenda que a principal atividade comercial da região era a plantação de tempestade. Num grande campo verde, camponeses semeavam vento, distribuindo sementes ao léu e colhendo tempestade. Eram os responsáveis pelo mau tempo e o exportavam. Plantavam também palavras cruas, promessas de novas línguas, colhendo brisas e prosas, asmas e versos, musgo e bolor.

Cultivavam, finalmente, a fábula sobre o vento, resquícios de matriarcado: o vento nasceu no dia em que a primeira mãe soprou a ferida do primeiro filho para aliviá-lo da primeira dor. O sopro se transformou no vento. O vento ventou sementes que floresceram. Nasceram as plantas, as flores, os verdes e os pastos. Num canto do jardim, a mãe primeva plantava chicória e salsinha. Eis o mito da horta primitiva.

O que é certo é que o Vale Baixo era um excelente lugar para quem estivesse deprimido. A atmosfera cinzenta fazia com que o deprimido ficasse deprimido em paz, sem sentir que não estava aproveitando um dia ensolarado. Sem sentir que estava sentindo o que não deveria estar sentindo...

A aristocracia europeia quase não tomava banho. Condes e condessas, barões e baronesas, duques e duquesas, príncipes e princesas, e até reis e rainhas iam acrescentando camadas de roupas que vestiam por sobre as anteriores.

Nesse processo, iam engordando cada vez mais, na esperança de que o fedor não atingisse a última camada. Nas festas e celebrações daquela época, eles compareciam enormes, com a roupa nova e limpa vestida sobre as anteriores, que já estavam bem fedorentas.

Foi por esta época que surgiu o famoso provérbio, "por fora bela viola, por dentro pão bolorento".

A pequena Condessa preferiria tomar banho e trocar de roupa, a colocar um vestido limpo por cima das vestimentas usadas e do corpo sujo. Mas ali, nada de banho! Não havia nem sequer o "espetáculo da banheira". Em substituição, havia o "espetáculo da lareira": o fogo dança, hipnotiza e acalma... Seus estalidos secos lembram uma legítima dança de flamingos espanhola, cheia de adrenalina e vigor. Sem dúvida, um bom programa, também gratuito.

Quando Condessinha pedia à sua mãe para tomar banho, ouvia a mesma resposta:

— Banho não é necessário, minha fedida filhinha, é desperdício de água. Eu sou sua mãe, Bárbara Mia, a condessa mais importante e mais fedorenta deste reino. Tenha orgulho disso. Banho só serve aos povos primitivos!

E assim, Condessinha ficava triste e fedida, e ia aumentando de tamanho, cada vez mais engordada pelas camadas e camadas de vestidos caros. "Este reino do Vale Baixo vale pouco", pensava, embolorada. "E todos aqui têm cheiro de batom com pum." Que época difícil!

As roupas antigas ficavam tanto tempo grudadas no corpo da aristocracia, que acabavam se fundindo com a pele. Os tecidos das roupas se misturavam com as células da pele, a tal ponto que ninguém mais sabia o que era roupa, o que era pele, o que era pano, o que era corpo. Toda mundo acabava engordando de fato!

Mas naquela época ser gordo era a moda. É uma questão cultural!

5 — O TEMPO

Condessinha cresceu um pouco e, para melhor preencher suas tristes noites, dedicou-se a refletir. Tinha uma preocupação bem séria: o tempo.

Não a previsão do tempo! Céu azul, chuva, vento, frio, calor, massa de ar polar, garoa, veranico, ciclone, frente fria. Nada disso.

O tempo que passa, isto sim a interessava. As coisas que crescem. O futuro que não vem. O passado que alguns não lembram. O presente que, ao tentarmos reter, já se foi.

Ela queria crescer para poder fazer tudo o que quisesse. Pensava que gente grande faz tudo o que quer. Mas gente grande não faz tudo o que quer. Infelizmente, gente grande às vezes não faz nada do que quer! Neste caso, quando gente grande não fez nada do que quis, faz guerra.

Guerra é a raiva de gente que não fez nada do que quis a vida inteira.

Mas a Condessinha ainda não sabia dessas coisas todas e por isso queria ser grande. Não gostava de ser criança. Então, parecia um pequeno adulto e se interessava pelo tempo que não passa.

O tempo passa muito lentamente, por isso ninguém vê. Se a gente planta feijão no algodão, ele cresce rápido. Mas a gente não vê. Precisa esperar pelo menos um dia. Dois dias. Três dias. Quem aguenta esperar? Mas o tempo passa devagar só quando a gente olha para ele. Ele é envergonhado. Não quer andar quando tem alguém olhando. As horas passam cansadas...

Se a gente esquece dele e vai brincar, ele anda bem mais depressa e o dia passou e anoiteceu. Se a gente fica acordado a noite toda olhando o relógio, o tempo teima, empaca e recusa a se mexer. Se a gente, em vez disso, dorme, daí amanhece logo. A manhã corre para despertar quem dorme. O amanhã de quem não dorme custa a chegar. Se a gente tomar caipirinha e for à festa, também o tempo esquece e trata de trotar.

Mas o tempo galopa mesmo quando a gente ama. O amor apressa o tempo e isso nenhum cientista ainda descobriu por quê. Deve ter a ver com o fogo que também apressa tudo. A água que ferve tem muita pressa.

Justamente porque o tempo oscila e corre a velocidades tão diferentes, foi que se inventou o relógio. O relógio desperta o homem que trabalha e o menino que vai para a escola.

Mas os filhos também são relógios para os pais. Eles crescem e, sem dizer nada, dizem aos seus pais que o tempo passou. Filho grande é uma década passada. Filho muito grande, duas. Filho que é pai, faz avô em algum lugar.

Não havia relógio no Reino do Vale Baixo. Só havia aquelas lindas ampulhetas. Elas mediam o tempo que um punhado de areia levava para passar por um funil estreito.

Uma grande invenção.

6 — A IDADE DE TUDO

Todas as coisas têm idade. As idades das coisas são diferentes. Um homem de noventa anos é velho. Uma árvore de noventa anos não é velha. Depende da árvore. Sequoias vivem muito.

Tudo tem data. Um iogurte vive um mês. Carne seca vive mais. O jornal vive um dia. De tarde, o jornal já está velho. Revistas vivem uma semana. Se mensal, a revista vive um mês. Há moscas que duram poucas horas. Elas nascem e fazem filhos e morrem. Toda uma vida em uma hora.

A pedra vive mais que a árvore.

Mas se você guardar uma revista por muito tempo, ela pode deixar de ser velha para se tornar antiga. É difícil precisar exatamente o momento em que uma coisa deixa de ser velha para se tornar antiga...

Uma coisa velha é uma coisa nova que caducou, expirou e venceu. E perdeu valor. Uma coisa antiga é uma coisa velha que descaducou, desexpirou e desvenceu. E ganhou valor.

Uma ideia pode viver por muito tempo. Pode viver mais que a pessoa que teve a ideia. Uma ideia pode viver mais que uma árvore. Se a ideia for boa demais, será que ela pode viver mais que uma pedra?

Uma ideia escrita não se perde. A ideia escrita permanece. É como um bife no freezer. Permanece intacto. O bife espera alguém que o devore. A ideia espera alguém que a leia. Um escrito não quer outra coisa senão ser lido.

Mas lembrem-se bem, tudo tem fim. O pato morre e nem palavras aflitas são suficientes para desmorrê-lo. O desejo sincero comove, mas não desmorre ninguém! Tudo expira. As coisas têm duração. Medicamentos vencem e é preciso observar a validade. Os efeitos benéficos dos remédios duram um tempo definido. Tudo o que é bom dura pouco.

Desodorante vence. Cartão de crédito expira. Documento caduca. Contrato deixa de vigorar. O vinho vira vinagre e a lei prescreve. A ferida vira cicatriz. Até espécies animais se extinguem.

Finalmente, uma língua se extingue. Este é um fato triste. Tristíssimo, aliás. Pois, como a língua carrega memória, ao morrer, com ela muitos arquivos são deletados. Ai, que tristeza!

Essas eram as reflexões da pequena Condessa. Mas, por melhores que fossem as suas ideias, ali, na corte, ninguém prestava atenção nelas. "O que pode uma criança saber?", diziam os olhares, que nunca a olhavam, dos nobres de Vale Baixo.

Ela, então, queria crescer e não sabia que crescer leva tempo. Queria ser menino e não menina, pois achava que homem pode mais.

Usava palavras difíceis porque era infeliz. Quem é feliz nunca usa palavras difíceis.

7 — O TRATAMENTO DE CONDESSINHA

Pela manhã, toda a família fedida foi à Feira Anual da Floresta Nigérrima. Queriam ver a tradicional competição atlética. "Atletismo é cultura", diz-se.

Chegaram à borda da floresta. Demoraram-se ali, torcendo e assistindo a diversas modalidades. "Vibrante", comentavam, referindo-se à corrida profana, à corrida da lebre e da tartaruga e à corrida com canja (modalidade desportiva, esta última, desconhecida nos dias atuais). Em seguida, uma afiada esgrima de peixes-espada. Depois, lançamento de borsht, saltos com dopping e saltos sem dopping.

A cada nova prova, moças com trajes típicos faziam gestos alpinos bastante verticais, festejando. Concluindo os saltos, um baile equino e a esperada dança da gansa.

Bem no meio da efeméride, a pequena Condessa disse assim:

— Há algo de podre no Reino do Vale Baixo!

Foi o que bastou: seus pais decidiram levá-la a um tal de Dr. Curandeiro Ademar, renomado profissional, conhecido em todo reino, especializado em males d'alma.

O doutor recebeu a menina fedida e os seus pais numa terça-feira cinzenta, se não me engano. A Grande Mãe Condessa Fedida e Preocupada estava aflita!

Curandeiro Ademar pensou por alguns minutos. Consultou uma grande enciclopédia empoeirada. Finalmente, disse:

— Ela tem um grande reservatório de mau humor!

E explicou que o mais grave no caso da menina era o fato dela não dormir e não sonhar. Disse que os outros sintomas — as manias de doença, de banho e de revolução, as brincadeiras esquisitas, seu jeito de ser adulta antes do tempo etc. — eram mal da idade.

Mas, acrescentou, em se reaprendendo a dormir e a sonhar, todos os comportamentos esquisitos seriam atenuados. E, com o passar dos anos, com a chegada da maturidade, naturalmente suprimidos! O mau humor concentrado também seria gasto com o tempo, especialmente quando fosse instalado um para-raios e encontrado um bode-expiatório.

— Auspicioso prognóstico! — comemorou o grande Conde.

Ademar, então, relatou aos pais esperançosos as quatro etapas de seu tratamento:

> 1) Pomadas para passar pelo corpo todo: pomadas europeias especiais, corretivas do comportamento e estimuladoras de sono e de sonhos.
>
> 2) Banhos sulfurosos em estações de águas de enxofre com cheiro de ovo podre.
>
> 3) Uso da palavra: esta etapa consistia num desfile de palavras diversas saídas da boca da paciente — que deveria focar a atenção na sua história e no seu passado. O médico espremeria espinhas da testa da paciente, libertando palavras inflamadas.
>
> 4) Aprender a adormecer contando carneirinhos e instalação do para-raios — isso concluiria o processo de cura.

Condessinha, então, passou muita pomada e se banhou inúmeras vezes em águas fedorentas. Tudo muito bem. Mas foi no estágio da palavra que os conflitos começaram a aparecer no tratamento...

8 — A CURA PELA PALAVRA

A Condessinha deveria falar sobre seu passado, enquanto Ademar espremia a testa dela com força, tentando extrair todo o sumo das espinhas e das palavras.

— Eu não tenho passado, doutor — disse a pequena aristocrata —, só tenho futuro e só tenho interesse no futuro. Sou considerada um pequeno adulto hoje porque só terei infância amanhã. Nasci do avesso; o que, afinal de contas, nem é tão mal assim. Serei criança no futuro. Serei criança quando todos os outros forem velhos caquéticos...

Condessinha discutia com Ademar sobre todos os assuntos. Frequentemente se intrometia na própria ciência dele, corrigindo-o em aspectos específicos das teorias sobre o "comportamento nervoso das pessoas diferentes", justamente a especialidade do doutor. Ela trazia novos elementos teóricos que certamente seriam descobertos muitos anos à frente.

Ademar ficava confuso e falava mais do que devia, tentando diagnósticos de nomes difíceis. Ela, então, dizia assim:

— Não tenho medo de nomes difíceis, que só servem para que a gente se defenda daquilo que não conhece. Esse é o pior jeito de usar palavras. Fazê-las funcionar como um tapa-buraco! Desaforo!

Ademar, então, disse:

— Quem fica fazendo teorias chatas o tempo todo é você e não eu!

E ficaram se acusando:

— É você!
— É você!...
— É você!

Diálogo fecundo!

Condessinha, revoltada, disse, então, três frases para agredir o Curandeiro. Cada frase perdeu duas palavras e se tornou, assim, mais ofensiva:

 a) "Você não presta para trabalhar com gente!"

 b) "Você não presta para trabalhar!"

 c) "Você não presta!"

A economia pode ser bem ofensiva. Há quem acredite que quanto mais se xinga, mais se ofende. O grande truque é descobrir o jeito de mais ofender com menos palavras. Moral: não se deve desperdiçar, nunca!

O Curandeiro, ofendido, disse:

— Você é uma trocadora de lugar. Fica se pondo no lugar dos adultos. Você é do contra! Ser criança? Não, você quer ser adulta.

Ser fedida? Não, você quer tomar banho. Dormir? Não!, você tem insônia. Ir para América do Norte? Não, América do Sul... Você é do contra, percebe? E quem é do contra tem medo de ser feliz! — proclamou.

— Você gostaria que eu falasse do meu passado, não é? — disse a Condessinha. — Sabe o que eu diria a você sobre meu passado? Eu diria: chiqueiro!

— Como? — reagiu o Curandeiro, desconcertado.

— Chiqueiro! — repetiu a menina. — Chi-quei-ro! Entendeu você qual é o passado de todos na corte do Vale Baixo? Um passado de fedor. Um chiqueiro!

— Você deveria ter mais respeito para com os porcos — retrucou o Curandeiro.

Inesperadamente, essa frase teve efeito sobre a menina. Num tom bem mais sereno, ela falou:

— Tem razão. Não é correto ofender a corte usando a palavra "chiqueiro". Seria um demérito para com os porcos que vivem no chiqueiro. E eles são animais limpos e inteligentes.

— Pois — disse o Curandeiro.

O tratamento, neste ponto, se reverteu: ao defender os porcos, Ademar, sem querer, havia ganhado muitos pontos com a Condessinha que, até então, parecia desprezá-lo.

No encontro seguinte, o curandeiro entregou uma carta escrita à Condessinha.

9 — DECOLAGEM

"Querida Condessinha Fedida e Infeliz,

Gostaria de ser útil e poder ajudá-la. Mas, se você não quiser, nada poderemos fazer. É só o seu desejo de ser mais feliz que pode tornar nosso tratamento eficaz. Somente o seu desejo de virar a alma do avesso!

Você não se adapta ao seu tempo. Nem à sua família, nem aos seus costumes. Você se sente só e sem turma. Você não dorme em conferências! E principalmente você não sonha! Sonhar poderia resolver tudo.

Pra ser feliz e sonhar, a gente precisa esquecer de tudo que sabe. Você sabe coisas demais e lembra coisas demais! Nós precisamos aprender a adormecer. Nada de espertezas. Só quem esquece pode dormir e sonhar. É preciso que você se esqueça de tudo.

E, se você diz que nasceu do avesso, se você diz que não tem passado para contar, deixe que eu saiba do seu futuro. Qual é a criança e qual é a infância que você será e terá amanhã? — eu pergunto!

Assinado, Ademar."

As palavras de Ademar quase hipnotizaram a pequena Condessa. Era a primeira vez que alguém queria escutá-la sobre aquilo que ela queria mesmo falar: seu futuro.

Em seguida, ali mesmo, a menina escreveu uma carta-resposta ao Curandeiro.

"Doutor Ademar,

Ser infeliz e fedida é um fato em minha vida com o qual me acostumei, mas jamais me conformei. Tenho convicção de que serei 'ex-fedida'! E isto me fará ex-infeliz. Serei ex-fedida no futuro, que é o que me interessa, já que você pergunta. E quando eu for ex-fedida, então, terei um passado de fedor a relatar a meus netos. Porque amanhã, hoje será ontem. Meu destino é ser menos fedida.

E já que você me pergunta do futuro, do futuro falarei. Falarei da infância e da criança. Da criança que serei amanhã!

Assinado, Condessinha.

P.S.: Sem querer ofender, sugiro que o senhor se trate de seu desejo de curar os pacientes, nefasto ao tratamento. Além disso, acho que o senhor deveria falar menos e deixar que eu mesma fale, sem destino, sem pressão, livre como uma borboleta. Estas coisas facilitam o processo e serão descobertas no futuro, acredite em mim!"

E Ademar soube ouvir a sua paciente. Não espremia mais as espinhas de sua testa, ficava em silêncio e, ao final das sessões, dava à Condessa um guarda-chuva colorido, promessa de bons sonhos...
Foi assim que o tratamento engrenou. Eles brincavam de trocar palavras sobre o amanhã. Nessas brincadeiras, foram inventando uma língua própria, uma linguagem que somente os dois compreendiam. Brincavam de adormecer. Frequentemente, Condessinha falava e o Curandeiro dormia... Ele não tinha problema de falta de sono, graças a Deus. Quando Ademar acordava, dizia simplesmente: "prossiga". Ou, então, apenas: "ahãm".
Às vezes, ele falava, mas então eram apenas migalhas. E a dieta fez bem à paciente.
Ambos foram construindo intimidade. Brincavam de fazer muitos roncos. Às vezes até babavam. Depois, tentaram um sonho.
Curandeiro notou, no princípio, que as palavras que a menina trazia eram sempre muito secas. Depois, começaram a chegar meio úmidas.
Um dia, uma fumacinha, ainda tímida, mas colorida, começou a sair da orelha de Tártara. Em seguida, as palavras apareceram bastante molhadas, mesmo. Ademar desconfiou que ela desejava um oceano de coisas. Foi assim que ele pôde ajudá-la a dormir e a sonhar um futuro melhor e menos fedido. Foi assim que a Condessinha começou a sonhar.
Uma língua nasce da intimidade entre dois humanos. Quando estamos muito perto de alguém, começamos a desenvolver um código peculiar. Existem coisas que só podemos contar para uma única pessoa. Músicas que só podemos ouvir com uma pessoa. Piadas e graças que somente uma única pessoa da face da Terra entenderia. Conforme caminha a intimidade entre dois, a língua peculiar vai

se construindo. Quanto mais intimidade, mais impenetrável essa língua a um terceiro.

Antes era uma língua só. Depois a humanidade foi se dividindo em países. Cada país fala uma língua. A língua é a guardiã da tradição e da memória de um povo. É a marca da intimidade entre as pessoas que moram num mesmo país. A língua é testemunha, desenha um território e faz uma pátria.

(Note-se que a intimidade, por ser construída numa pequena cabana a dois, sempre é um pouco fedida. Ela é secreta. De tão familiar, meio estranha. Há segredos na intimidade. Donde se conclui: a intimidade é fedida.)

A CONDESSINHA FEDIDA — SEGUNDO MOVIMENTO

1 — ATERRISSAGEM DA BALEIA AZUL

Teria aterrissado numa cidade brasileira chamada Aldeia Maravilhosa do Brasil, numa virada de ano cheia de fogos de artifício. E se teria banhado no mar, como se o oceano fosse uma gigantesca banheira.

Por algum fenômeno que a ciência ainda não explica, ao atravessar o Atlântico em seu sonho e ao transpor vários séculos driblando o tempo, a Condessinha Fedida foi crescendo muito, a ponto de tomar o tamanho de uma baleia-azul — o maior animal que jamais existiu em todos os tempos.

Chegando quase à meia-noite, na praia da Aldeia Maravilhosa de um dia 31 de dezembro, de um ano qualquer do século XXI, catapultada para o futuro, a Condessa se lançou nas águas do mar em seu banho desejado. Seu mergulho disse assim: "chuá!".

Na primeira vez em que isso aconteceu, havia três milhões de pessoas ali para assistir à queima de fogos da passagem do ano. Quando a Condessa deitou seu corpo monumental nas águas maravilhosas, ela fez uma enorme onda. O espetáculo foi ainda mais extraordinário do que o prefeito da cidade havia planejado. A onda gigante levantou do mar e cobriu toda praia, a avenida, até *alguns prédios.* Depois, avançou reto, varrendo a América do Sul, seguindo em direção ao Pacífico.

Justamente: o Pacífico é maior do que o Atlântico por causa desse tipo de onda que atravessa o continente, cada vez que uma criança sonha um sonho. O sertão vai virar mar e o mar vai virar sertão.

Surfistas aproveitaram para fazer manobras atrevidas. Uma concha de caramujo, aparentemente vazia, veio pousar nas mãos da Condessa, que a guardou num bolsinho do maiô.

Mas houve dois riscos: primeiro, se alguém na multidão não soubesse nadar, teria se afogado com a força das águas. Felizmente, isso não ocorreu. Por coincidência, nesse ano, toda gente sabia nadar muito bem. Todos haviam treinado bastante durante o ano inteiro. Ainda bem.

Segundo risco: ao jogar seu corpanzil de baleia no mar, a Condessa levantou uma tal marola que molhou todos os rojões e todos os fogos de artifício que estavam prestes a explodir no espetáculo pirotécnico esperado. Mas esse infortúnio também não se deu: foi a Sorte que estava do lado da Aldeia Maravilhosa e do lado da imensa Condessa.

* * *

Neste ponto, Tom começou a tossir, tossir. Quando parava de tossir, falava palavras sem nexo.

Foi nesse momento que entrou Cartolina. Ela era especialista em situações assim. Ouviu atenta a tosse e os pedaços de sílaba atirados para todos os lados, saídos da boca de Tom. Fragmentos e estilhaços de palavra querem dizer alguma coisa muito importante — esse era o seu lema.

Cartolina pegou um estetoscópio, aquele aparelho que os médicos usam para auscultar o peito, as costas, os pulmões, e pôs-se a examinar com todo o cuidado o estômago de Tom. E depois, subiu o instrumento chegando até a garganta do menino, demorando-se ali... Perscrutava a alma de Tom!

Queria diagnosticar o defeito e localizar exatamente a obstrução. Se a palavra fica enroscada na garganta, removê-la é bem

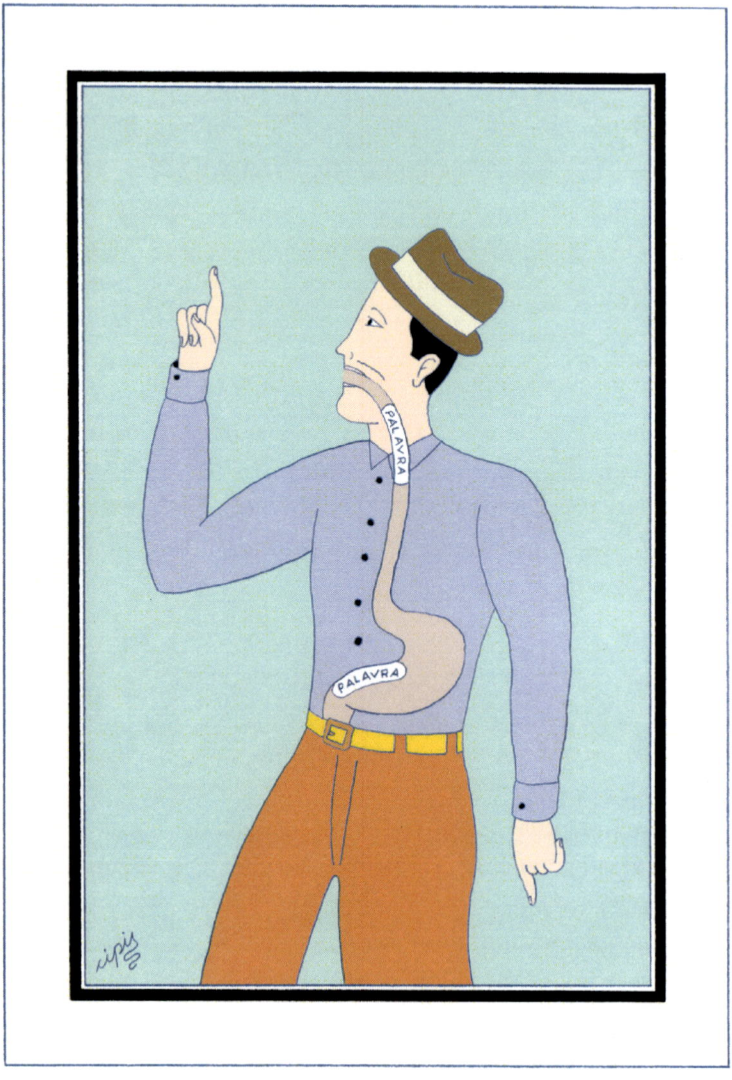
PALAVRA
PALAVRA
cipis

mais simples. Quando a palavra fica presa no estômago, o caso é mais grave: é a diferença entre um pigarro e uma pneumonia.

De qualquer forma, Cartolina tinha a sabedoria para combater ambas as obstruções. No caso de Tom, ela foi categórica e apresentou um laudo médico:

> "O paciente emocionou-se. Mas passa bem. A presença de Sorte no ano-novo deixou-o comovido. Pessoas comovidas sentem e não falam. Tom tentou fazer as duas coisas ao mesmo tempo. Deu no que deu.
>
> Sua tosse é mistura química de palavras estranguladas, combinadas ao afeto e à emoção. Os sintomas estão dizendo muita coisa: eles me contam de outras situações nas quais Tom dependeu da Sorte. Outros perigos e riscos pelos quais passou. Mas eu não costumo revelar os segredos dos meus pacientes. Sigilo profissional aqui vigora! Então vocês todos, Escaleno, Pastilha e Jubileu, não sejam indiscretos. Não sejam curiosos demais. Sobre Tom, eu não conto mais nada.
>
> E, agora, ao que interessa: à dissolução do sintoma e à cura.
>
> Neste caso, a palavra 'sorte' está agarrada à goela de Tom. Basta uma pinça para puxá-la. A obstrução é bastante superficial."

— Me dê cá uma pinça! — pediu Cartolina a Pastilha.

De posse da pinça, Cartolina puxou a palavra "sorte" para fora da boca de Tom.

— Ufa! — exclamou Sorte, ao ser libertada.

Pôs-se de pé. Era alta e elegante. Tinha o vestido amarrotado por ter ficado entalada na garganta de Tom. Ajeitou o vestido com um gesto ágil e longilíneo. Saiu voando em direção ao horizonte e desapareceu.

Cartolina voltou-se para Tom. Disse que ele deveria ficar quieto até se recuperar.

— Tome um chá! — recomendou.

Até que Tom tivesse condição de retomar a palavra, Cartolina sabia como continuar a estória, porque a tosse transmitiu também este segredo. Todos os sons querem dizer alguma coisa e até um espirro traz informações importantes.

2 — ANO-NOVO

— Conforme Tom nos dizia, Sorte estava na Aldeia Maravilhosa — prosseguiu Cartolina —, do lado da cidade, do lado da Condessa.

Por isso, quando os fogos de artifício se molharam, Sorte entrou em ação. Se tivermos Sorte do nosso lado, festa não dará errado. Sorte comentou com Netuno: "Meu Deus, chame os ventos!". Foi só isso o que Sorte disse.

Ao ouvir Sorte, Netuno dirigiu-se às nuvens e ao céu, dizendo: "Faça-se vento". Foi só isso o que Netuno disse.

Um incrível vendaval assoprou as praias da orla da Aldeia!

Junto com o vento, raios e trovões se lançaram dos céus numa cena faraônica. E, como um secador de cabelos bem graúdo, o vendaval secou os fogos de artifício que, à meia-noite em ponto, explodiram riscando o céu para uma multidão encantada.

Duas ninfas apareceram e se puseram a dançar com Netuno e Morpheu, deus do sono, que também estava lá. O famoso Cristo Redentor desceu de sua montanha e recebeu a Estátua da Liberdade, que chegou nadando do norte, mantendo sua tocha ainda acesa. Ambos dançaram uma linda valsa que uma orquestra de anjos tocava apoiada nas nuvens.

Baleias saltavam no ar, acompanhadas de golfinhos, orcas e tubarões, excepcionalmente em paz por um dia. Judeus e muçulmanos também dançaram suas danças pitorescas, esquecidos de suas diferenças. Japoneses e índios, crioulos e loiros e negros e chineses e coreanos, todos unidos num ritual ecumênico. De uma altura vertiginosa, um enorme toldo branco parecia a todos proteger. Feito de um tecido transparente, não escondia nenhuma estrela, nenhuma lua, nenhum anel de Saturno.

Disseram que aquele tal toldo era uma das asas da Paz, ansiosa por se encontrar com Sorte e colocar a conversa em dia. Elas tagarelam muito e se dão superbem. Mas tentam sempre cutucar Sublime, que se cansa e se recolhe, silencioso. Sublime raramente se deixa tocar.

Um imenso arco-íris se desenhou, transversal, ligando o mar e o céu. Gordo, denso, pedaçudo, colorido.

Eu não estive lá, mas dizem que foi inesquecível.

A condessa animada já não era fedida. Ela já se sentia bem brasileira, apesar do maiô muito fora de moda.

E os sonhos podem ser tão reais que a Condessinha, novamente numa forma humana, achava que era aldeã da gema mesmo e, convencida, repetia, com um pandeiro na mão: "Tenho ginga e tenho bossa! Sou a tal!".

* * *

Nesse momento, reparando que Tom havia se recuperado do último acesso de tosse, Cartolina passou a palavra a ele.

— Era assim mesmo a estória que você teria nos contado? — perguntou Escaleno, voltando-se para Tom.

Ele confirmou que tudo o que Cartolina dissera teria sido exatamente a estória que ele teria contado. Mas fez uma ressalva:

— Eu não teria carregado tanto nas tintas da festa! Cartolina exagerou um pouco. Na festa que eu imaginei, não teria tido tantos raios e trovões!

— Claro — disse Cartolina —, quem conta um conto aumenta um ponto. Além disso — arrematou —, o estômago da pequena Condessa estava atulhado de palavras encalacradas de tanto tempo que ela não dormia e nem sonhava. Quando essa massa de letras se desprendeu, tinha que ser um sonho muito fantástico!

E concluiu, querendo ser poética, mas derrapando no exagero:

— Todo conteúdo represado explodiu em estilhaços caleidoscópicos e múltiplos fragmentos incandescentes de bananas flambadas!

Tom prosseguiu dali em diante por si. Cartolina recostou-se numa cadeira longa e reclinável da sala do amigo. E pôs-se a ouvir atenta a estória continuada por seu legítimo autor. Apesar de já conhecer todas as palavras que moravam no quintal do amigo (que a tosse lhe dissera!), estava interessada na estória tanto quanto Pastilha, Escaleno e Jubileu. A isso dá-se o nome de humildade.

3 — ILHA DE VERA CRUZ

Logo que chegou ao Brasil, Condessinha fez duas coisas: amigos e feijoada.

Ainda molhada da água salgada do oceano, logo foi à feira, comprar paio para fazer uma bela feijoada com pedaços de laranja e couve cortadinha. Fez farofa também — embora nenhum estrangeiro consiga compreender realmente a farofa. "Hoje farei feijoada, amanhã, jejuada", pensou a gorducha menina.

Na feira, as pessoas riam e gritavam e, depressa, Condessinha fez o mesmo. "Ah, como a feira é extrovertida!", pensava ela, deliciada. Ali, a menina fedida comeu brasilidade, aprendeu português e encontrou Prancheta Op Cit, uma simpática garota que se tornou a sua melhor amiga brasileira.

A feira ensina em um dia o que muitos cursos de línguas não ensinam em décadas: efeito das vísceras de boi vendidas nas barracas, sem dúvida.

Feliz, ela tornou-se cientista. Tinha o espírito questionador e uma disposição fora do comum para pesquisas. Uma de suas teorias dizia respeito ao funcionamento das famílias.

Ela acreditava que cada família — devido ao hábito e ao costume — acabava se anestesiando em relação ao próprio fedor:

— Cada família tem um fedor muito próprio e peculiar. Mas é incapaz de senti-lo.

A utilidade das outras pessoas na nossa vida, pensava ela, é a de informar sobre o nosso fedor pessoal.

Mas notem que a Condessinha fugia a esta regra. Ela sentia o mau-cheiro da corte e de sua família. Parece que ela foi a primeira a perceber algo para o qual o resto da humanidade está alienado. Ela conseguiu ultrapassar o cordão de isolamento que uma família impõe a seus descendentes. Um pequeno degrau conquistado de valor superlativo!

Prancheta, achada na feira, levou Tártara à Universidade da Aldeia Maravilhosa do Brasil, onde Condessinha prosperou.

E ela não perdeu tempo: na mesma semana em que aterrissou nas praias do Brasil, começou a fazer esporte, iniciou uma dieta para perder peso, doutorou-se e ganhou o prêmio Nobel em Física Moderna. Grandes feitos, nessa ordem.

Bem cedo, pela manhã, para ficar em forma, corria pela orla da praia, seus músculos sedentos de exercícios. Para ficar informada, lia jornal. Trombava frequentemente nos transeuntes, pois ler e correr são atividades excludentes. Bom senso nunca fez mal a ninguém. Na mão direita, o jornal do dia, na esquerda, um guarda-chuva aberto, protegendo-a do sol inclemente. "Sou informada e em forma!", orgulhava-se, sempre acompanhada por Prancheta nessas corridas.

Recuperando escritos antigos sobre temas de suma importância, Condessinha fez pesquisas áridas do Oiapoque ao Chuí. Foi recheando seus primeiros estudos, até obter um livro gordo de páginas e páginas de luz e sabedoria.

E, assim, doutorou-se pela Universidade da Aldeia, solicitando ao Reitor o merecido título, ao qual fez jus, numa cerimônia muito bonita. Após o feito, comemorou-se assando a coordenadora da banca da tese, uma livre-docente muito culta, de nome Goma Arábica, que foi servida com batatas coradas, acompanhada de valsas falsas. Devorando-a, num ritual antropofágico de praxe, todos os presentes absorviam a sua colossal sabedoria. Foi lindo.

4 — PRÊMIO NOBEL

Em seguida, por uma ótima faixa etária salarial, a aristocrata foi convidada a dar aulas e continuou sempre com suas relevantes pesquisas. Investigou o crescimento dos corpos quando em viagens rumo ao futuro, campo no qual tornou-se a maior autoridade viva. Quem mais do que ela entendia do assunto?

Provou que os objetos realmente inchavam ao viajar para o futuro.

Descobriu que todos os planetas são, na verdade, pessoas infelizes em seu tempo, em sua época, em seu século, que resolveram viajar ao futuro num sonho de liberdade. Mas foram tão longe em seu desejo, que alcançaram os confins do tempo e se transformaram em enormes corpos celestes que enfeitam o céu à noite.

Por esta descoberta recebeu o prêmio Nobel de Física Moderna.

Quando chegou para a homenagem, estava muito elegante, mais linda que muita estrela de cinema. Comendo apenas jejuada e correndo pela orla, deixara de ser a baleia azul que havia aterrissado na baía da Aldeia Brasileira naquele ano-novo.

Condessinha mostrou-se, pois, ser uma moça impecável, de firmes propósitos, exemplo de mulher dinâmica. Metamorfose, foi isto o que houve! Uma transformação: lagarta passa por uma metamorfose antes de ser borboleta. Patinho feio também passa por uma metamorfose antes de se tornar cisne. Girino passa por uma metamorfose antes de virar sapo... Que também se metamorfoseia para virar príncipe. Farinha de trigo, bolo. Casal, família. Conhecimento, sabedoria. Caneta, livro. Boca, beijo. Palavra, frase. Semente, árvore. Sono, sonho. Encontro, filho...

Tom elencava, parecendo ter infinitos exemplos a apresentar de forma telegráfica!

Condessinha ex-fedida saiu em capa de revista pelo mundo todo e as manchetes exibiam a sua silhueta em letras garrafais: "Da elefância para a elegância: a intelectual que não é flácida!".

Mas, além da dieta e dos esportes, havia mais duas razões para o seu rápido emagrecimento:

1) Tomando banho todos os dias, muitas células são perdidas, trocadas e renovadas. Banho diminui o tamanho de qualquer um.

2) Cá entre nós, mal sabia Condessinha que, como eu estou agora narrando a sua estória com muuuuitas palavras, isto faz com que ela também emagreça das letras que habitam seu estômago. Quando se fala de alguém, nomeia-se muito do que há no interior do cidadão. Daí a pessoa emagrece (e também a sua orelha se esquenta!). Donde a expressão "magro de ruim": a pessoa que é má, por mais que almoce, não engorda, pois muita gente fala mal dela o tempo todo — se bem que nem todo magro é ruim. Dom Quixote, por exemplo, é um homem bom e, entretanto, magérrimo. Sua magreza se deve ao fato, justamente, dele ser o personagem mais lido e falado mundo afora. Vice-versa, nem todo gordo é bom... Não generalizar é dever de todos.

5 — PALMIER

Na volta das corridas matinais e diárias, Condessinha caminhava debaixo de um sol forte aldeão. Tinha as bochechas muito vermelhas, desabituada ao calor da Aldeia Maravilhosa. Sua pele alva e europeia estava cheia de assaduras e manchas roxas — pelas trombadas com outros esportistas na orla.

Ao chegar à casa de Prancheta, subia e descia, repetidas vezes, a escada que levava ao escritório do andar superior. Boa brincadeira! A escada era velha e barulhenta.

— Precisa passar lubrificante nela! — disse Condessa...

Escada boa é escada que range. Na casa da minha infância, havia uma escada antiga de madeira. Rangia. E para isso bastava um olhar. O desafio era percorrê-la sem ser notado. Escada que range dá o alarme. É como um cão de guarda. Nhec-nhec-nhec. Esta é a sua linguagem. Depois, reformaram a casa. Colocaram uma nova escada maciça. De concreto. Apenas seu revestimento era de madeira. Ela não range. Que saudades que eu tenho da escada-cão... Escada que ladra, não morde. Cão que morde, não larga!

A menina alongava os gêmeos das panturrilhas e o manguito rotador e passava pomada pelo corpo, nas assaduras e nas manchas. Em seguida, dedicava-se à gastronomia: ia à cozinha com Prancheta fazer ovo frito.

Condessinha deitava a cabeça de lado sobre a mesa de almoço. Prancheta quebrava um ovo e o colocava na orelha muito quente da amiga — pelo fato de estarmos contando a sua estória. O ovo frito saía com a forma anatômica da orelha imperial (acrescentando-se um pouco de farinha de trigo e açúcar, podia-se obter o famoso palmier, com chá à tarde, delícia!).

— Economizamos gás! — comemoravam... E comiam os quitutes.

Em seguida, praticavam conversa fiada, diálogo tecido de finos fios. As frases de uma conversa coloquial e fortuita são os fios que costuram os laços da amizade, até que seja criado um cobertor para aquecer no frio e na dor. Daí o nome, "conversa-fiada". Ela é feita de fios invisíveis que envolvem e capturam dois amigos para sempre...

— Ler é bom. Mas há livros muito grossos.
— Não servem para ser lidos na cama.
— Dá dor na mão. Dor de braço. Bursite. Neuropatias...
— Livros grossos são lançados de comum acordo com fisioterapeutas. Causam lesões que enchem seus consultórios.

Prancheta gostava do cheiro de livros novos e tinha uma livraria. Colecionava também livros antigos e raros, mas destes não gostava do cheiro: "Livro velho tem cheiro de rinite-alérgica!".

— Sou livreira — disse ela. — Mas, por muito tempo, tive dúvidas entre ser uma ambulância ou uma cantora lírica. Pois tenho uma linda voz.

— Sei... — disse Condessinha.

— Uma boa voz é como o Rio Amazonas transbordando da boca... — continuou Prancheta.

— *Sem dúvida! A voz revela os interiores. São as vísceras tornadas visíveis. Cantar é uma exposição. Todo cantor corre risco ao abrir a boca. Está sempre na eminência de errar* — arrematou Condessinha.

Tudo o que é muito bom, esteve por um triz de se perder. Tudo o que é ótimo na vida, um campeão olímpico, um grande livro, uma boa teoria, um grande artista, está a um milímetro da perdição. Bolinhos fritos também: toda boa cozinheira sabe que deve retirá-los do fogo um segundo antes de queimarem. Toda cozinheira desafia diariamente os limites do carvão... Como eram bons os bolinhos da minha avó!

6 — SENHORA DO LAGO

Na Universidade da Aldeia, Condessinha, já quase uma sábia total, assessorada por Prancheta, se ocupava ensinando e pesquisando. Ela já possuía um considerável curriculum-latkes. Mas houve um conflito.

O sotaque é a lembrança da raiz. Como uma cicatriz, é para jamais ser esquecido. Sotaque revela que a origem da pessoa é estrangeira. Nem todos gostam de estrangeiros. Seja por inveja, seja por intolerância para com diferenças...

A pequena Condessa era alvo de preconceito. Mesmo no Brasil! Por ter ideias próprias e ser inteligente, muitos a invejavam. Quem não quer ganhar o prêmio Nobel? Então, um dia, saindo da Universidade, ela ouviu um professor, chamado Caspa Bolsinhas, fazer comentários ofensivos e racistas sobre os estrangeiros com um colega de cátedra.

Disse o infeliz que os estrangeiros não deveriam ter direito nenhum no país adotado. E nem mesmo os filhos de estrangeiros, nascidos no Brasil, deveriam ser considerados brasileiros:

— *Não é porque o rato nasce no forno, que então ele é biscoito* — arrematou o racista.

Condessinha sentiu-se tão ofendida e indignada que, voltando-se para o professor atrevido, gritou, descontrolada:

— Xenófobo! Xenófobo!

Prancheta, em defesa da amiga, amaldiçoou o inimigo, rogando uma feia praga, pois a boca é mais forte que o braço:

— Vá lamber sabão!

Mas o professor, muito arrogante, jogou uma pedra-frase na cara da nobre Condessa:

— Saia do meu país — disse ele.

Não se provoca uma personalidade nobre impunemente. Condessinha ajeitou o xale e arrumou a vestimenta num gesto abrupto, cheia de orgulho e alguma vaidade, como quem sabe que pode muito. Tirou da bolsa uma luva branca, com a qual deu na cara do mal-educado, dizendo:

— Biltre!

E começou a crescer como uma senhora do lago, com evidente dignidade. Cresceu uns três metros e vociferou com voz firme:

— Respeito! Estás em presença de uma figura do Império!

Ela jamais — ja-mais! — havia usado seu título imperial para obter crédito ou respeito até esta data. Parecia muito zangada. Parecia também um animal pré-histórico raivoso. Lançou um olhar fuzilante na direção do malfeitor, abalando sua alma e gelando seus ossos.

O professor atrevido estremeceu e, apavorado, soltou um pum. Tentando se acalmar, tirou do bolso um frasco de leiba e o tomou de um só gole. A melhor coisa a se fazer quando sentimos medo é mesmo soltar um pum (rezar também), reação bem natural (de outro lado, cuidado: o gás metano incrementa o efeito estufa...).

— Vá para Dracena! — ordenou Tártara, obrigando o professor a sair da megalópole.

Não satisfeita, a Condessinha moveu uma ação na justiça contra o tal professor e ganhou um milhão de coroas. Um amigo do passado (ou do futuro, será difícil decidir!) a ajudou muito no processo criminal. Ela guardou o saco de dinheiro num armarinho, para usar quando fosse necessário.

O Professor Caspa teve que se haver com a lei dos homens, que fê-lo pagar caro por sua ignorância. E há de ter que se haver com a lei de Deus: é quase certo que ele vá para o inferno.

E foi assim que a frase racista do professor foi eleita a pior frase de todos os tempos.

— Por causa de preconceito — dizia a Condessinha, com propriedade e determinação — povos inteiros foram mortos pelo mundo. Preconceito provoca guerra. Preconceito acorda o ódio do homem pelo homem. Preconceito é o despertar da besta no homem.

E nunca mais houve preconceito no Brasil.

7 — ARROZ INTEGRAL

Depois do episódio com o professor racista, Condessinha tirou férias, numa licença poética sem vencimentos. Foi à praia deserta da Terra dos Orixás, no Estado Natural, com mares, prados, sotaques, montanhas e vastos pastos.

Tudo era muito natural ali. Nada de agrotóxicos, químicas, roupas, vergonhas, tarjas pretas! Todos ali se sentavam sobre os ísquios, em comunhão com a natureza.

— Eles também des-inventam a cultura por aqui! — notou Condessinha. — Mas, aqui, eles des-inventam des-cansando!

A danadinha sentiu ali uma calma maiúscula jamais conhecida. A Calma é deitada na rede. A rede é um berço esplêndido.

Tártara fez muitos amigos naquela terra, todos com nomes bem naturais: Mormaço, Brisa, Chicória, Larica e Páprica, entre outros, legumes e verduras. Frutas e grãos. Fenômenos meteorológicos e fibras. Tão alternativo, um de seus novos amigos se parecia com um arroz integral.

E, assim como nós, lá na Praia dos Canais, Condessinha também boiava no mar, por horas a fio. Depois, relaxada e bronzeada, pastava pelos prados e mugia como uma vaca legítima, linda bovina, vagando solta, adubando as montanhas, espalhando paz...

8 — SAUDADE

Mansa e cheia de títulos, Condessinha alcançou o cume da felicidade. Poucos mortais atingem este pico alto e nevado. Feliz, desejou congelar o "agora", para que as coisas permanecessem sempre assim (ninguém agarra o agora, pois ele se afasta sem nem olhar para trás: quando resolve ir embora, sai à francesa, de fininho e nunca diz adeus).

Então, algo inusitado: ela começou a sentir saudades de casa e até de sua mãe, a grande Condessa Fedida... Sempre queremos compartilhar as boas coisas da vida com aqueles que amamos. Não há exceção!

* * *

Nesse ponto, subitamente, Tom derrapou outra vez num de seus acessos de tosse. Todos, então, foram acudir o amigo.

O ritual era o mesmo: Cartolina auscultava Tom, no estômago e no pescoço. Ela ouvia, cheia de atenção, toda tosse para poder traduzi-la aos demais. E era a palavra "saudades" que havia engasgado o menino — essa palavra sempre mexe muito com os sentimentos de qualquer um...

Tom foi parando de tossir aos poucos. E Cartolina já estava apta a conduzir a estória até que o amigo se restabelecesse. Antes de seguir em frente, porém, Escaleno quis saber por que Tom engasgava tanto.

Cartolina demorou-se a pensar por uns instantes, indecisa devido à fidelidade que mantinha com o compromisso do sigilo profissional. Enfim, cochichou no ouvido de Escaleno, na maior indiscrição:

— Isso é muito pessoal. Tom não conheceu seu pai. Nunca soube quem é ele. Ou já soube e esqueceu... E Palavra, sua mãe, guarda esse segredo a sete chaves... Eu penso que é por isso que ele engasga muito... A quem engasga, falta pai! — concluiu categórica.

Escaleno fez silêncio, como fazemos quando estamos diante de um assunto delicado.

Assuntos delicados despertam c.c.: constrangimento e curiosidade. Isso tem tudo a ver com o fato da intimidade ser bastante fedida (conforme já dissemos alhures). Tem a ver com as axilas... Mas isso já é uma outra estória!

— Mas não se esqueça, Escaleno, todo mundo engasga, pois a boca é uma só e as palavras são muitas. Elas têm de formar fila. Algumas se urinam e são indisciplinadas! Querem todas ser as primeiras a sair, dão cotoveladas umas nas outras... — sussurrou ainda Cartolina.

— PARTE III —

A CONDESSINHA FEDIDA — TERCEIRO MOVIMENTO

1 — A VOLTA PARA CASA

Para que Tom pudesse descansar, então, Cartolina seguiu com a estória que, nesse ponto, fez uma virada olímpica, dividindo a aventura em dois.

— Condessinha, exausta, foi-se deitar, pois as férias cansam todo cidadão, pessoa física.

Todas as aventuras vividas no Brasil se deram em uma semana. Fazer feira e amigos, arrumar encrenca e emprego, conquistar o Nobel, sair de férias, fazer feijoada, defender tese, fazer jejuada etc, tudo isso foi conquistado em uma semana: o tempo do sonho permitiu que tantas coisas se realizassem em apenas sete dias.

Na noite quente, Condessinha adormeceu, sentindo cheiro de mar, e dormiu um sono grosso e sem sonho, nem fumaça. O cheiro de mar foi se tornando mais intenso. Começou a parecer cheiro de maresia. Depois pareceu cheiro de ponta da praia. Depois, cheiro de balsa. Depois, cheiro de peixaria. Finalmente, cheiro de arenque defumado.

Esse odor estranho e familiar acordou-a num sobressalto. Era um fedor conhecido...

Ao despertar, deu-se conta de que estivera dormindo em seu quarto gelado no Vale Baixo da Europa Central, de séculos atrás, e que tudo o que vivera no Brasil havia sido um sonho fantástico: sete dias em apenas uma noite!

Não ficou triste: estava satisfeita por ter, enfim, podido dormir e sonhar... E, quem sonha um sonho, sonha dois!, pensou. Nada como uma noite atrás da outra!

Levantou lépida, fez gargarejo e foi abraçar sua mãe que estava tomando café com cevada no terraço, molhando uma torrada de aliche no café.

— Mamãe, sou doutora! — repetia a Condessinha, entusiasmada.

"As sessões com o Curandeiro devem estar fazendo efeito!", pensou a grande Condessa, mas nada disse: melhor não denunciar, flagrando uma transformação em estado nascente — isso pode ser pernicioso ao processo. Lei 1ª, Sabedoria VII, Parágrafo Três, Página 138, Seção Dez, Cartório de Registros e Notas, Pacaembu.

Um grande avestruz passou pelo terraço, buscando ampulhetas para comer. Hoje em dia, essas aves enormes, sabemos, comem despertadores. Seus estômagos digerem de tudo.

— Ele se alimenta do tempo! — afirmou Condessinha, observando o avestruz.

Apesar da viagem da Condessinha ter sido apenas um sonho, algo mudara de fato: ela não era mais aquela revoltada de outrora. Sua viagem através do tempo a fizera amadurecer, conforme intuíra Ademar. Ela aprendeu a respeitar os costumes de sua mãe, de sua família e de seu país, adotando o lema: "antes uma mãe fedida e querida, que uma mãe limpinha, mas má!".

A Grande Condessa Agora Tranquila, por seu lado, aprendeu a respeitar a filha: "Não sei se minha filha ainda pinta o sete, mas eu já não corto um doze", dizia.

E, embora na corte ninguém acreditasse na verdade da estória da sua viagem no tempo, a pequena Condessa não se importava, pois o que vale é ser feliz! — disse Cartolina, encerrando esse trecho da trama.

Tom, restabelecido do último engasgo, tomou para si a condução da estória.

2 — CARAMUJO FALANTE

Vou introduzir um personagem novo!, anunciou Tom. *Mataborrão é seu nome. É um caramujo falante muito organizado. Contador e despachante, entende de papelada, promissórias, firma reconhecida, balancete, imposto de renda, xerox autenticado, rubrica, formulários, cláusulas, minutas, precatórios, câmbio etc.*

Foi ele, inclusive, quem cuidou com muito sucesso da indenização de Condessinha em sua ação contra Dr. Caspa Bolsinhas, o professor racista da Aldeia Maravilhosa, lembram?

Caramujo é especialista em "privacidade". Eu explico: morando numa concha com abertura lateral, tem seu espaço de intimidade garantido. Se não deseja receber visitas, basta ficar quieto, dentro da concha, fazendo de conta que não está em casa. Quando quer contato, coloca a cabeça para fora, conversando com quem merece. Sua casa é construída de maneira peculiar. Um famoso arquiteto fez um projeto inspirado, que resultou na forma helicoidal da casa do caramujo. Ela forma anéis e espirais pelo lado de fora, que são alusão à passagem do tempo. Do lado de dentro, o piso e as paredes seriam o xodó de toda dona de casa. São mais fáceis de limpar do que qualquer lajota ou azulejo. Basta passar um paninho úmido e pronto.

Mas Caramujo não gostava de tanta limpeza.

Locais muito limpos apresentam alta taxa de insalubridade, dizem pesquisas recentes. Por quê? Pela falta de vírus e bactérias que ativariam o sistema imunológico...

Natural da Aldeia Maravilhosa do Brasil, Caramujo havia sido levado ao Vale Baixo: Tártara Pia, imaginando que sua concha estava vazia, o havia guardado no bolso do maiô, ao deitar-se gigantesca, nas águas do litoral brasileiro, naquele futuro sonhado e distante. Ele havia ficado quieto até aqui, hibernando e aguardando que o sonho da menina terminasse para ser transportado à Europa fedida. Engenhosa estratégia, não?

Mata-borrão, no Vale Baixo, olhava o céu, feliz: quando estamos em país estrangeiro, olhar o céu é a maneira de sentirmo-nos em casa. O céu é o mesmo no mundo inteiro e em qualquer época. Olhar para o alto nos devolve a familiaridade perdida.

Resolveu ele escrever a extraordinária estória do sonho da Condessa Fedida, que também era o seu sonho de crustáceo, pois ele sempre desejara viajar ao passado para viver em um lugar bem fedido.

Pensava que, escrevendo, poderia libertar outras crianças de todo mundo, de todas as épocas. Queria oferecer a todos a via do sonho como plataforma para decolar, como um avião que aponta para o alto, prometendo levar-nos a outro lugar.

A estória escrita ia ser posta numa garrafa, lançada no mar e chegaria até as mãos de alguém, muito tempo depois, longe, no futuro...

— Você é meu biógrafo oficial! — disse Tártara ao Caramujo, cheia de entusiasmo. — Devemos buscar uma editora e uma gráfica. Poderíamos lançar um livro infantil e impermeável, para que todos os bichos do mar pudessem ler... Mas para isso teremos que dar um drible no tempo!

— Boa ideia! — exclamou Caramujo, orgulhoso. — O lançamento seria numa fossa abissal, decorada com anêmonas e almôndegas!

3 — POMBO-CORREIO

Condessa Fedida e Caramujo tornaram-se amigos e perambulavam pelo reino, visitando lugares asmáticos, pitorescos e úmidos... Ficaram juntos o tempo todo — a não ser quando a menina tinha seus encontros com Curandeiro Ademar. Praticaram a "conversa-mole", modalidade europeia de "conversa-fiada", para amolecer pessoas duras.

— O que o curandeiro disse hoje de interessante para você? — perguntou, um dia, Mata-borrão à Condessinha, logo após uma sessão.

— Hoje ele disse... — demorou-se a pensar Tártara. Finalmente, se lembrou — Hoje ele me disse: "Até quarta-feira". Viva a economia!

Quando se cansavam da corte, ambos, Condessa e Caramujo, viajavam de novo. Mas não havia garantia de acertar o Brasil: é o sonho que conduz o sujeito e não vice-versa! Difícil mirar, calcular e compartilhar o mesmo sonho, atingindo a mesma época e o mesmo lugar. Precisa-se de muita intimidade. Eles conseguiram algumas vezes esse feito. Noutras vezes, um viajava sem o outro.

Generoso, Mata-borrão fazia o papel de pombo-correio, permitindo que Condessinha e Prancheta dialogassem à distância. Prancheta nunca havia conseguido sair do seu lugar e da sua época: estava como que condenada a ficar fixada no seu aqui e agora. Pobre coitada!

Pegando carona com o crustáceo, as amigas trocavam ideias e vários tipos de comidas. Condessinha mandava compota e goulash. Recebia de volta carne seca e frango com quiabo. Mandava borsht e pernil de hiena. Recebia moqueca e guaraná. Mandava bolinhos de javali, recebia bolinhos de anta.

Logo de manhã, cada uma delas olhava no criado-mudo pra saber se havia mensagem da outra. Como hoje em dia, quando a gente vai ao computador checar se há e-mail. O homem é um ser trocador e viva a amizade!

4 — O FIM DE MATA-BORRÃO

Logo que chegou de volta à sua terra natal, Condessinha virou Miss Vale Baixo, pois estava muito elegante pela dieta realizada durante seu sonho. Em seguida, casou-se. Foi assim:

Num fim de tarde, ela foi assistir ao quase pôr do sol (não havia pôr do sol no Vale Baixo, sempre nublado), espetáculo belíssimo.

Sentou-se sobre uma pedra e observou o horizonte, contemplando. Uma graça de garça pousou sobre uma árvore seca.
Ao lado da menina, também sentado, havia um príncipe chamado Príncipe. Ele disse:
— *Eu amo você!*
— *Não é recíproco* — *respondeu Condessinha, ligeira, sincera e sucinta.* — *Você é probo, mas pífio e xucro! Uma relação não se constrói com mentiras! Abaixo a hipocrisia!*
Príncipe apaixonou-se pela honestidade da pequena. E queria se casar com ela de qualquer forma. Ofereceu dote, terras, ouro, dinheiro... Condessinha acabou cedendo aos seus apelos (justo ela, que teria dito um dia: "jamais me casarei!". Mas nunca diga "desta água não beberei"!).
Durante a cerimônia de casamento, Caramujo, que era o padrinho de honra, desfilava seu orgulho vestido de smoking alugado. *Num canto do salão, um velho senhor, oleoso e vermelho, grudava tampinhas de Coca-Cola na testa, engraçadinho. "Não me lembro de ter trazido Coca-Cola de minhas viagens...", pensou Tártara olhando a cena.*
Enquanto isso, os convidados chiques serviam-se do banquete oferecido: haová e sardela. Como prato principal, resumo de fungos ao molho de alegrinhos. Sobre mesas fartas, toalhas de linho egípcio. Em cima destas, enfeitando tudo, vasos raros de irrelevâncias e grisalhas, contidos por ramos de proxenetas. Cestas de pães sortidos: italianos, numismatas, nefilibatas, baguetes. Numa saladeira, cócegas-frescas ao lado. Música conduzia laquês que dançavam alucinadamente pela pista muito bem encerada.
Num momento de distração, porém, Condessinha comeu Mataborrão, pensando que era escargot.
— *Ops! Foi mal! Desculpa aí!* — *disse ela, ao notar seu engano. Mas já era tarde!* — *Comi o padrinho!* — *lamentou...*
Logo, entretanto, se conformou:
— *Ele estará vivo em mim: herdo suas qualidades.*
Nada de choramingas e bola pra frente.

Os tradicionais cinco toques foram assoprados através do chifre de búfalo, consumando as bodas, em cinco berros.
E assim foi o casamento e assim foi o fim de Mata-borrão.

5 — SOGRA

Junto com marido, Condessinha ganhou uma sogra, mãe de Príncipe. Chamava-se Sogra, essa sogra. Falava sem parar e Tártara não tinha paciência. Maltratando Sogra, descarregava qualquer resto de mau humor que pudesse ter sobrado dentro dela. "Ela é meu para-raios!", pensava a menina. "Assim serei boa com todos os outros." Nada como ter um bode expiatório.
Logo que a mãe do príncipe começava a falar, Condessinha dizia:
— Caluda, Sogra! — calando-a.
E foi assim que a menina pôde ser boa com o resto da humanidade, pois suas únicas maldades recaíam sobre Sogra. Encontrara, enfim, alguém em quem esvaziar seu reservatório de mau humor, última etapa do processo de tratamento com Curandeiro Ademar!
Sogra foi silenciando, desestimulada pelos limites rígidos impostos por Condessinha. Mas, por vingança, mostrava a língua para a menina. Tanto mostrou a língua que inventou-se a famosa "língua de sogra" para animar festas infantis.

6 — O PODER

Para Tártara, a razão do casamento era o desejo de ser mais poderosa: como princesa, poderia influir na publicação de livros proibidos e proteger textos discriminados e meias-órfãs. Uma Condessa não dá ponto sem nó!
Além disso, o príncipe viajava com frequência fazendo política pela velha Europa, exportando fedores e tempestades. A ex-Condessinha e o marido não se viam durante boa parte do ano. Isso garantiu um casamento feliz, sem brigas nem conflitos. A distância, relacionamentos sempre prosperam!
Quando se encontravam, o Príncipe e a Condessinha falavam de política. Ela o aconselhava e era a grande mulher por trás do nem

tão grande homem. Pôde proferir, enfim, em tom oficial, uma de suas frases mal conjugadas da infância.

— Eu abulo a escravatura! — disse ela em reunião formal do palácio, libertando excluídos, explorados, escravizados, descamisados e desblusados.

Criou também uma horta de livros livres.

Trabalhando em prol do bem-estar coletivo, seu nome correu Europa e seus comentários espirituosos ficaram famosos. "Eleição é o momento em que a gente escolhe democraticamente alguém para odiar pelos próximos vários anos", dizia. Príncipe se divertia...

7 — PULGA ATRÁS DA ORELHA

Um dia, Condessinha se deteve numa reflexão: além dela, alguém mais havia viajado no tempo. Só podia ser isso. Somente isso explicaria a tampinha de Coca-cola na testa do velho vermelho, durante o casamento. Nem Tártara, nem Mata-borrão haviam trazido nenhuma Coca-Cola de suas viagens — e a Coca-Cola, como sabemos, só seria inventada muitos anos mais tarde! Pior: alguém viajando e fazendo contrabando sem taxas do futuro. Estariam passando pela alfândega e pagando os impostos direitinho? A pulga se instalou atrás da orelha da pequena Condessa (agora princesa).

Pobre pulga. Excetuando-se a sogra, é o bicho mais rejeitado que há. Ninguém gosta dela. É perseguida e lembrada apenas pelo seu aspecto vampiro. Quem se lembra da real utilidade desse inseto saltador?

A pulga é uma prestadora de serviço, recolhe INSS e tudo mais. Em qualquer situação suspeita, está ela lá, buscando nossas orelhas. Ela avisa quando algo não cheira bem. Donde a expressão "estou com a pulga atrás da orelha".

A pulga tem faro para prevenir dissabores e intuição para alertar sobre ciladas. Antecipa muita saia-justa. Muito marido traído foi avisado por uma pulga.

A ingratidão do homem em relação à pulga é imemorial e injusta. A Sociedade Protetora dos Animais tem analisado várias denúncias de maus-tratos aos quais muitas pulgas são submetidas... O processo está em andamento.

Condessinha resolveu investigar. Interrogou altos funcionários dos palácios. Na condição de princesa, agora seu poder era bem maior. Com moedas, subornou assessores do império e, depressa, chegou até a figura central do caso da tampinha de Coca-Cola: a Grande Condessa Bárbara Mia! Era ela quem fazia viagens ilícitas pelo tempo e pelos continentes na clandestinidade... "Justamente a minha mãe!...", admirou-se a Condessinha.

Bárbara Mia fez mea culpa:

— Minha culpa! — disse ela, e bateu quatro vezes a mão fechada no peito, sinal de delito, não sem antes ajeitar a anágua. E explicou: — Você imagina, filhinha, que alguém aguenta esse fedor da corte?

— Então, por que você não me disse e me deixou sentindo um peixe fora d'água, um patinho feio, a última das Moicanas, a penúltima das Moicanas, uma cidadã de segunda classe, a inadequação em forma de gente?

— Nem tudo os pais explicam aos filhos. É muito importante que os filhos descubram por si sós os caminhos do sonho e o que fazer com seus desejos. Se um outro revela, o encanto se quebra. Essa é a lei número um do livro dos mistérios.

E Condessinha aprendeu a lição.

8 — O ÚLTIMO CARNEIRO

O tratamento com Ademar havia sido um sucesso. Apesar de praticamente curada, Condessinha continuava a frequentar o consultório de Ademar para concluir o processo. O para-raio instalado a colocava no nível quatro: deitada no divã, simplesmente contava carneirinhos para adormecer e sonhar mais...

Grata ao Curandeiro por tudo quanto houve, todos sonhos sonhados juntos, Condessinha trouxe, um dia, um livro de uma de suas viagens no tempo: passando pelo final do século XIX, na volta do futuro, a menina apanhou A grande teoria dos sonhos, escrito por Dr. Frog, famoso pensador, e presenteou Ademar com a raridade. Ele agradeceu, percebendo o quão útil seria para a sua ciência um livro escrito no futuro... Percebeu, além disso, que os propósitos do tratamento tinham sido atingidos. Condessinha havia se transformado muito. Já fazia mais amigos do que ex-amigos.

E ela também sabia que não precisava mais do Curandeiro, pois dormia, sonhava e era feliz, tanto quanto podia um ser humano ser feliz...

Na sua última sessão, ao terminar de contar o milésimo primeiro sonho e o milésimo primeiro carneiro, Condessinha se levantou do divã e observou que a poltrona de Ademar estava vazia.

O curandeiro não estava lá!

— Foi-se embora? — pensou a menina.

Havia na poltrona apenas um cocô fresco.

— É o cocô do último carneiro que eu contei! — exclamou animada, tendo compreendido alguma coisa.

E foi assim o fim de seu tratamento.

E aqui acabaria, para nós, a estória da Condessinha Fedida, mas não para eles — o quarto movimento da saga de Tártara Pia é teimosia de personagem sem modos.

— PARTE IV —

A CONDESSINHA FEDIDA — QUARTO MOVIMENTO

1 — O GRANDE ENGASGO

De repente, Tom recomeçou com um engasgo feio. O pior de todos. Cartolina aproximou-se e fitou o amigo. Compenetrada, constatou que havia fragmentos de estória na goela de Tom!... E o que era pior, no estômago também!

— Abra a boca — ordenou. Tirou do bolso um pequeno frasco que continha alguma alquimia dentro. Jogou o conteúdo na boca de Tom. — Engula! — disse. Depois, apanhando a pinça, puxou uma série de letras e palavras que foram saindo facilmente, escorregando para fora. Uma frase inteira saiu da boca de Tom, parecendo serpentina de carnaval. Outra frase. E outra e mais outra!

Lá se foi a primeira pomba despertada! Frases longas e orações fazendo um desfile num espetáculo-sequência.

— Isto se chama o fio da meada! — disse Cartolina. Ela olhou as frases amontoadas no chão como quem olha para uma bola de cristal. — Há muito material!

Tom, suado e pálido, demorou para melhorar. Pudera! Pensa que parir tantas frases é bolinho frito?

— O que tinha dentro do frasco que Tom tomou? Mais xarope lispectorante? — perguntou Jubileu.

— Não, não! De forma alguma! Mais xarope seria um perigo! Nesse caso, dei a ele palavras líquidas — respondeu Cartolina.

— Palavras em estado aquoso... Palavras selecionadas que não se dão bem com outras palavras e as expulsam do estômago do sujeito engasgado. Palavras lépidas que entram e saem, trazendo junto a massa de letras que obstrui... O líquido acrescenta e modifica — especificou, com precisão.

Ela pegou um pau de macarrão, amassou o chumaço de letras e dali retirou uma porção. Creme de conotação, que os cinco amigos passavam nos cabelos para dar brilho, vitalidade à raiz e boas ideias. Separou uma segunda parte da massa disforme e a colocou para assar no forno: biscoitos finos, iguaria feita de pasta de letras.

A porção que sobrou era ainda estória em estado bruto: letras puras feitas de palavras vivas. Sentenças espalhadas no chão da grande sala da casa de Tom. Dava a impressão de que elas remexiam e pulsavam...

— Palavras cruzadas! — exclamou Escaleno, entusiasmado.

— É mesmo... e está vivo! — comentou Jubileu.

— Encruzilhada de minhocas! — disse Pastilha.

— A sorte está lançada! — declarou Cartolina.

Tom mexeu naquelas palavras e frases soltas que se contorciam. Coçou a cabeça e proclamou:

— Vocês vão ter de me ajudar. Embaralhou muita coisa. Tem ainda muito material... Eu não sei organizar isto!

O conteúdo foi dividido em quatro porções, cada uma delas colocada em um pequeno balde — eram quatro baldinhos: com exceção de Tom, todos (Pastilha, Escaleno, Jubileu e Cartolina) receberam seu quinhão.

Para que dar a Tom um pedaço da estória fabricada por ele mesmo, não é? Ele teria de saber o rumo da fábula por conta própria! Pois não foi ele quem a produziu?

Cartolina notou que, ao pegar seu balde, Escaleno o segurou com cara de espanto. Pareceu sentir náuseas...

— Isso não é um penico, não precisa ter nojo! — disse a menina ao amigo.

Cada um dos quatro deveria cuidar das passagens misturadas de seu punhado e dar ordem àquelas sobras de estória desnatada e sem gordura.

Mas as crianças produziram um grande caos: enquanto Jubileu queria seguir contando, Cartolina não deixou, pois achava que a parte que coube a ele ainda não havia chegado. Pastilha tentou dar por encerrada a fábula: tinha certeza de que já havia acabado (ela tinha aquele tal resumo na língua e grande poder de síntese, lembremos!). Escaleno gritou, parecendo um parlamentar no congresso, desejando incluir suas letras na trama... Tom, impedido de falar pelo tumulto, soltou bolhas pela boca e aviõezinhos pelas orelhas em muitas direções: mensagens nervosas, loucas e revoltadas por não serem ouvidas.

Cartolina, Pastilha, Escaleno e Jubileu começaram a cuspir fragmentos de letras-saliva uns nos outros, rindo muito, como crianças em pizzaria... Falta de educação!

Ao mesmo tempo, um enxame de pequenos insetos pagãos invadiu a sala, entrando pela janela. Pareciam aleluias, o inseto da minha infância, anunciando uma mudança de estação.

Olhando com atenção, dava para perceber que os insetos eram a multiplicação da palavra "fim", buscando alguma luz e conclusão, esvoaçando em torno de um abajur que havia sido esquecido aceso. Mas eram falsos fins! Toda cautela é pouca!

— Xô, fim! — diziam os amigos, com leques e abanos nas mãos para espantar os insetos de seus rostos.

Os cinco amigos correram pela sala gritando muito, encantados com o cardume de fins-esvoaçantes que bailava no ar.

— Vamos debelar esse impasse-infecção! — disseram eles, animados.

Tom e Cartolina perceberam que, dizendo a palavra "dito-pelo-não-dito", cancelavam os "falsos-fins"...

Numa imagem, honestamente, as crianças pareciam baratas tontas, correndo de um lado para o outro! E, cá entre nós, mil desculpas, mas não há quem defenda as baratas, muito menos as tontas. Tudo tem limite: democracia e respeito às minorias, também!

2 — REVOLTA DOS PERSONAGENS

Incomodado com as baratas tontas e não vendo alternativa, resolvi eu intervir. Disse: "Tom, Tom (repeti duas vezes seu nome), quando fiz você contar a estória, que eu mesmo poderia ter contado, expliquei que a condição era que tivesse começo, meio e fim. Este foi o trato. E agora? Que bagunça! Que vexame para com os leitores!".

Assim como os pais não devem deixar seus filhos menores dirigirem seus carros, um autor não deve deixar um personagem contar suas estórias...

— Calma, calma!... — respondeu Tom. — A gente vai dar um jeito.

— A estória já não acabou? — perguntei. — Vai ficar sem pé nem cabeça.

— Para de interferir que ele vai tossir — disse Cartolina em defesa do amigo. — E vai tossir tanto, que nem eu serei capaz de resolver.

E Jubileu colaborou:

— A estória agora é coletiva e acabou coisa nenhuma!

— Dá licença? Precisamos de um pouco mais de tempo para resolver o impasse — disse Cartolina.

E todos gritaram juntos, dirigindo-se a mim:

— RETIRE-SE!

— Não acredito que eu estou sendo expulso pelos personagens da estória que eu mesmo criei! — respondi, meio espantado, meio ofendido.

— Você criou uma estória e nós estamos criando outra — insistiu Tom com firmeza. E fez uma metáfora: — Não permitirei que morramos na praia!

— Bem — cedi —, sei quando não sou bem-vindo. Eu me retiro, mas vou ficar de olho.

Saí pensando: "Desaforo! A revolta dos personagens! Hoje em dia personagens não têm um pingo de educação!".

Ainda lancei uma última frase de efeito histórico/poético: "Saio da estória como quem lava as mãos!". E, de longe, escutei Jubileu dizer "nhénhénhé...", fazendo pouco de mim. Embora irritado, agi como um adulto e não retruquei.

Ser adulto é não fazer tudo aquilo que desejamos. Por exemplo, não cuspir na cara de um personagem sem modos. E não esganar os vizinhos do condomínio quando fumam no elevador. Sobre os cocôs de cachorro pelas calçadas e sobre seus mal-educados donos, não vou nem falar.

Logo que me retirei, entretanto, as crianças se uniram. E, com paciência de Jó, foram ordenando, incansáveis, os pedaços de estória, fazendo recortes e colagens que dariam sentido àquela fábula.

Buscaram encadeamentos, montaram sentidos, descobrindo a direção exata dos acontecimentos, encaixando as peças do quebra-cabeça, extraindo nexos dos emaranhados de frases de seus baldinhos, enquanto a chuva lá fora seguia a sua sina, molhada e irreversível.

Os insetos invasores pareciam ter sido eliminados, o que propiciou um silêncio providencial — mas ainda provisório. A turma decidiu revezar a narrativa. Escaleno seria o primeiro a contribuir. Ele hesitou...

— Se a estória ficar desconjuntada, a gente pede desculpas ao leitor — disse Cartolina, para encorajá-lo.

E a estória passou a ser, de fato, coletiva.

Escaleno começou a narrar seu pedaço... Timidamente.

Mas, à medida que ia contando, começou a sentir confiança no que tinha a dizer. Além de se animar com a reação favorável dos amigos que o escutavam com muito interesse, um fenômeno confirmou seu sucesso: ao relatar a estória, as letras e frases do balde iam desaparecendo. Embora nada dissessem, como se isso fosse natural, os cinco amigos estavam encantados. Cada palavra sumia ao ser lida e dita. Como uma luz que se apaga, as palavras que Escaleno dizia desapareciam, diálogo da estória com leitor. Ao sentir-se bem nomeada, a palavra evapora.

E, assim, estimulado pela própria estória que, de um lado, ia se apagando, e, de outro, ao ganhar vida, ia se erguendo robusta, Escaleno prosseguiu cada vez mais firme.

Quando se cansava de contar, o menino recostava, confortável, e passava a palavra a algum dos amigos disposto a reconduzir a trama dali, daquele ponto preciso.

3 — FALSOS-FINS

Claro, alguns acidentes sempre interrompiam a narrativa. São desafios. Deus escreve por linhas tortas.

Assim, aleluias, bem menos numerosos agora, é verdade, continuavam esvoaçando em volta do abajur. Ainda os falsos-fins, ameaçando.

Sentindo-se traídos pelas interrupções, os cinco amigos se revoltavam sempre, de novo e a cada vez, não se conformando com o corte que parecia um aborto, abreviação daquilo que ainda não estava pronto e concluído.

— Nosso compromisso é com o leitor! E com a própria estória, que já tem autonomia! E com os personagens da estória, que já têm vida própria! — diziam, não dando crédito aos falsos-fins.

Enquanto houvesse ainda caminhos a serem reformados, estradas a serem asfaltadas e melhorias a serem feitas, não desistiriam.

— Rumemos em direção ao legítimo-fim! — bradaram.

E reescreveram infinitas vezes a estória da Condessinha, sempre encontrando a sua continuação, que aguardava, infeliz e desamparada, escondida em algum lugar.

As palavras são malandrinhas! Gostam de brincar de esconde-esconde e buscam umidade. De outro lado, as palavras são também um bichinho assustado...

A quantidade de pasta de letrinhas ia decrescendo e já era bem menor, cada vez menor, de modo que os baldinhos não eram mais necessários: a massinha de palavras emagreceu. Com as mãos postas em concha, eles seguraram, cada um, seus pequenos punhados de estórias saídos dos baldes.

Driblando interrupções, não deixaram se perder qualquer sinal de vida da estória, resistindo à sedução de dar por encerrado o que ainda podia ficar melhor, vasculhando todas as células de que são feitas as palavras. Falsos-fins tentam as crianças, do mesmo jeito que o diabo tenta o homem.

— Aleluia, Pai — gritou Pastilha, fanática por um momento, acreditando assim espantar demônios.

E foi assim que as crianças não se deixaram lograr. Puseram a mão na massa e esculpiram as letras, moldando-as, experimentando formas, sabendo que, naquele ponto, as palavras eram argila. Debruçados, ordenaram pedaços, cultivando as sobras. Assim procedendo, modificaram até o que já havia sido contado, tocando as bordas de um processo que, em geral, não se dá a ver.

Entretidos, pareciam músicos num ensaio. Cartolina fez um gesto com a mão, como quem dá licença: maestro regendo a orquestra abstrata. Sua batuta levou a trama adiante, reconduzida por cada um deles.

Quando foi a vez de Tom, ele se guiou no escuro, sem partitura, sem roteiro, nem acompanhamento nenhum. Cru, a seco, capela: era capaz de andar sem bússola na mão. De sua boca, orações!

Então, todos o admiraram: ele falou como um cego, como quem lê um texto escrito nas nuvens, seus olhos atravessaram tudo e se fixaram no infinito, parecendo buscar um ponto dos confins. Não se sabia se ele lia ou inventava. Não se sabia se criava ou copiava.

Cartolina, Pastilha, Escaleno e Jubileu também se puseram numa atitude especial, tensos e relaxados, submetidos à estória, cheios de prontidão e de curiosidade. Curiosidade, justamente, o primeiro traço deletado na passagem malfeita da infância à idade adulta, judiação!

Os quatro amigos, ouvindo um pequeno poeta, cada um segurando com mãos unidas um punhado de letras úmidas, esquecidos de si, pareciam rezar, diante de algo vital... Tom fazendo capela... Aleluia.

A CONDESSINHA FEDIDA — QUINTO E ÚLTIMO MOVIMENTO

Em suas reuniões, os amigos decidiram os rumos dos últimos nexos. Sussurravam, empenhados, cochichando muito baixinho. Nem eu mesmo consegui escutar o que disseram... Por isso, na verdade, a estória da Condessa que conhecemos é menor do que a estória da Condessa realmente ocorrida... É sempre assim. A vida é maior que o sonho. Uma andorinha sozinha não faz verão e nem se banha duas vezes no mesmo Nilo, embora seja muito quente na África.

Cartolina sentiu o Legítimo-Fim tocar seus sentidos. Então, disse:

— Sabia Condessinha que Caramujo havia escrito a sua aventura e que, um dia, a estória seria lançada em livro. Agora, dentro dela, havia esperança no futuro!...

Pastilha fez uma conclusão, conforme vinha desejando há muitas páginas:

— Abriu-se uma porta e fechou-se outra e acabou-se o que era doce, quem quiser que conte outra!...

Escaleno observou a palma de sua mão. Ao lado das linhas da vida, nomeou um último som ali inscrito: "Abô!". É como as crianças anunciam um término. Nenhum inseto, nenhum coaxo.

Jubileu, retórico, colaborou:

— Com isto me despeço, agradecendo a atenção de todos e colocando-me à disposição para maiores informações. Subescrevo-me também, respeitosamente, Jubileu Desdém.

— Sobraram letras por aí? — perguntou Escaleno, procurando pelos cantos alguma sobra de estória.

— Há de ter sobrado! — disse Cartolina com ares de sabichona. — Sempre sobram pedaços de estória pelas esquinas da vida!

— Ó — disse Escaleno, e exibiu seu balde vazio. — Cheio de nada! — proclamou. E todos conferiram seus baldes, agora cheios de absolutamente nada.

Enfim, ufa!, não sobrara pedra sobre pedra, letra sobre letra. Todas haviam sumido e a longa saga da menina infeliz que não sonhava, Condessinha Fedida, chegara finalmente ao fim.

E, em alto e bom tom, Tom disse o seguinte:

— Quando fui à Aldeia Maravilhosa no ano passado, encontrei um escrito antigo dentro de uma garrafa jogada no mar. Especialistas garantem que essa escritura tem já mais de trezentos anos. E a caligrafia, dizem grafologistas, é de caramujo-canhoto. Depois de decifrar o material, descobri a estória da Condessinha Fedida que contei a vocês e que agora termina com um ponto final.

Enquanto as estórias que Cartolina, Escaleno, Jubileu e Pastilha contavam pareciam estórias, os relatos de Tom, às vezes, pareciam fatos... Essa é a diferença entre um cidadão comum e um artista: para o segundo, a ficção é um fato. E um fato ironicamente na boca de um poeta, pode, ligeiro, tornar-se ficção.

UM HOLOGRAMA

Ao terminar a estória, as crianças queriam relaxar. Exaustas, celebravam o fim da fábula e o desaparecimento da última palavra, inscrita na mão de Escaleno.

Cartolina retirou do forno os biscoitos finos que haviam sido postos para assar logo depois do grande engasgo e, agora, estavam prontos. Ela os ofereceu aos amigos. Comendo-os, ganhariam ainda mais sabedoria de letras.

Sentiam todos um enorme alívio invadir seus corpos cansados: o alívio é o final de um ciclo. É a tarefa cumprida. Águas de março fechando o verão.

Antes que pudessem decidir o que fariam a seguir, escutaram alguém bater na porta. Era um som seco assim: *toc toc toc.*

— Por que não tocam a campainha? — se indagaram.

Cartolina parou de falar e levantou-se curiosa. Embora a casa fosse de Tom, Cartolina costumava se sentir tão à vontade lá, que se comportava como proprietária!

Ao abrir a porta, com um biscoito na mão, deu de cara com uma menina de sua idade. Pela maneira de vestir, podia-se saber que era uma estrangeira. Da Europa, talvez? Mas não era uma menina real. Era uma imagem de holografia, como uma visão. Como uma fotografia amarelada. Cartolina convidou a menina para entrar e sentar. Na sua avaliação, a menina só podia ser do bem. E era mesmo. Embora, de alguma forma, talvez pelo astral embolorado, parecesse ter trezentos anos e, ao mesmo tempo, ser uma menina.

A menina virtual sentou-se numa poltrona, rodeada pelos amigos curiosos.

— A que veio? — perguntou Cartolina, assim deste jeito formal.
— E qual é o seu nome?

— Sou Tártara Pia. Venho da Aldeia. É minha primeira vez no Morro da Garoa.

— Que coincidência, estávamos mesmo falando de você... Não vai morrer nunca! — respondeu Cartolina, com naturalidade. Ela era a única, na verdade, que estava achando tudo muito natural. Seus amigos estavam boquiabertos, salvo Tom, que parecia meditativo e distante.

Mas, pensem bem, é estranho ser interrompido numa estória por uma personagem da própria estória que bate à nossa porta. Ou não é?!

Cartolina parecia já a esperar:

— Bem-vinda ao nosso lar, Condessa Fedida — disse com desembaraço, sentindo-se anfitriã na casa de seu amigo.

Sabia Cartolina que, quando a estória é bem contada, os personagens ficam até mais reais que a própria realidade do contador da estória e de seus ouvintes. Sabia também que, para Condessinha, Tom e todos ali na sala eram meros personagens de uma outra estória... Em suma, no sonho de Condessa, a turma do Brasil era fantasia: a realidade daqui é a ficção dali e vice-versa! Nenhuma contradição, nenhum motivo para apreensão ou choques ou traumas ou sustos ou sobressaltos, portanto.

Pastilha, Escaleno e Jubileu não tinham tanta confiança assim na lógica de Cartolina... Sentiam-se amedrontados.

— Quer um chá com *pretzels*? — ofereceu Cartolina, acolhedora, à Condessinha Real (virtual).

— Agradecida — disse a Condessa, com educação e nobreza. — Não posso beber nem comer nada, sob esta forma de holograma. Depois de tantas viagens no tempo e de tantas palavras, fui virando isto, apenas uma imagem evanescente. Tenho que voltar definitivamente para o Reino do Vale Baixo, antes que eu desapareça e deixe de existir!...

— Nós nunca mais vamos ver você? — perguntou, tristonha, Pastilha. Ela rapidamente se apegava a pessoas, coisas e animais e já estava gostando de ter a Condessinha por perto. Mesmo que fosse na forma de um holograma.

— Você poderá me visitar lá no Reino, se quiser. Em sonho. Mas esta é minha última viagem. Descobri este fenômeno inconveniente e desagradável... Depois de várias viagens no tempo, me transformo em holograma. Teremos de nos separar mesmo — respondeu a Condessa, cuja imagem ia ficando cada vez mais transparente e cheia de pequenas interferências, risquinhos e traços, como uma televisão desregulada, ou como um rádio sem sintonia. Mesmo a sua voz era estranha, gutural, como a antiga voz de caixa eletrônico de banco. — Mas, agora, sou feliz em qualquer lugar — arrematou Condessinha. O melhor lugar é ser feliz, dissera alguém.

Escaleno aproximou-se dela e, num momento de distração, cheirou seu sovaco imperial.

— Para que você fez isso? — indagou Pastilha.

— Queria conferir discretamente se ela é ex-fedida mesmo! — respondeu o menino.

— Muito discreto você é!... — ironizou Pastilha. — E então, o que descobriu, é fedida ou ex-fedida? — perguntou.

— Senti um leve cheiro de sopa de músculo... — confidenciou Escaleno à amiga.

— Shhh! — disse Jubileu, temeroso. — Vocês não têm medo de que ela fique brava e se transforme na senhora do lago?

Tártara Pia, irritada com os cochichos, tornou-se subitamente mais nítida e cresceu um pouco. Pôs-se altiva e ajeitou suas vestes naquele gesto ameaçador. Lançou um olhar na direção de Escaleno, fazendo-o sentir um calafrio até os ossos: o menino gelou.

A raiva tem a função de juntar pessoas espalhadas e desmilinguidas e, às vezes, recolocar a dignidade perdida em seu devido lugar. A raiva torna toda pessoa rainha.

— Não tenho muito tempo — disse a real figura de Condessa, que não levaria adiante a sua zanga por tão pouco. — Tenho uma missão a completar. E a cada minuto, desapareço um pouco.

Graças à irritação, recuperara a objetividade e, assertiva, parecia uma flecha, como em seus bons e velhos tempos. Escaleno se encolheu e tentou acalmar seu coraçãozinho, que havia disparado de susto.

— Em que podemos ajudar? — perguntou Cartolina, solícita e expedita.

— Vim buscar minha estória. Nossa estória — respondeu Condessinha.

Nesse momento, Tom, que estivera quieto e alienado, levantou-se, foi até uma cômoda, pegou uma garrafa empoeirada, cheia de escritos dentro. Ele a entregou à Condessa e, com o mesmo olhar distante e indiferente, como um autômato, voltou a seu lugar.

Tártara Pia, com suas vagas mãos de fantasma, pegou a garrafa que, por ser bem real, no contato com a condessa virtual, provocou uma curiosa reação química, como se minúsculos fogos de artifício explodissem em muitas cores.

— Você não teve a coragem de passar um pano na garrafa pra tirar o pó durante todo esse tempo?! — bronqueou Cartolina com Tom. Ele não estava nem aí.

— Esta é a garrafa com os escritos que Mata-borrão (que Deus o tenha) jogou no mar há mais de trezentos anos, quando estava na corte do Vale Baixo... — reconheceu Condessinha.

— E agora o quê? — pergunta Cartolina.

— Agora a missão se completa! Esta estória vai ser publicada. Vai virar um livro — afirmou a Condessa absoluta, com um manto nas costas a lhe conferir realeza.

— Vai ser publicada?! — exclamou Escaleno, com excitação.

— Talvez até já tenha sido publicada! — respondeu, enigmática, Tártara Pia. E acrescentou: — Cada vez que alguém ler esta estória, eu terei viajado de novo, atravessando séculos e mares. Este é o jeito de ser feliz: terei uma sobrevida sempre que for lembrada, sempre que a mesma estória for contada ou lida. Se nesse momento você, leitor, estiver com os olhos pousados nesta letra, eu ganho vida onde quer que eu esteja e sou feliz. E onde quer que Mata-borrão esteja, também ele ganha vida e é feliz! — disse ela, reunindo o resto de energia que encontrava em si, fitando o infinito, como se falasse com alguém do além, um leitor ausente dali.

— E a estória sobrevive e ultrapassa o criador! — comemorou subitamente Escaleno, recuperado do susto, com euforia por ter compreendido alguma coisa. — Conforme as teorias de Cartolina sobre a língua! — completou, lembrando-se das palestras da amiga (daquilo que havia retido delas, enquanto não dormia na cara dura).

— Mas afinal — exclamou Pastilha —, esta estória é do Tom ou do Mata-borrão?

— De ambos. Um pouco dos dois. Um pouco de todos nós — disse debilmente a Condessinha. Sua voz era novamente um fio.

— Estou sumindo — constatou finalmente a Condessa. — Devo regressar. Fiquem em paz.

À medida que falava, já ia se dirigindo à porta, flutuando como uma fada, com a garrafa nas mãos.

Todas as palavras ditas e nomeadas de sua estória haviam esvaziado completamente seu estômago. Isto a tornava tão leve que a Condessinha levitava. Seu quintal estava completamente vazio. Coisa rara, nenhum sapo engolido.

— Estou sem palavras! — disse a pequena Condessa.

— Que insustentável leveza do ser! — exclamou Jubileu, assistindo Tártara flutuar.

De tempos em tempos, a intervalos regulares, Condessinha se reerguia solene, ganhando nitidez em estertores, recuperando a majestade, fazendo lembrar a sua saga de batalhas e o sangue azul de suas veias. Ainda antes de chegar à porta, tirou do bolso um volume muito maior do que poderia caber ali. Era um saco velho e gordo com algo desconhecido dentro.

— Vocês precisarão disto! — proclamou, deitando o saco rechonchudo próximo à saída da casa, e ali o deixando.

— Como você sabia que a garrafa estava aqui? — perguntou Jubileu.

— Só poderia estar aqui... pois Tom é filho de Palavra — ouviram-na dizer. — É na casa de um filho de palavra que toda estória perdida tem de estar.

— Quem é meu pai? — interrompeu Tom, com uma pergunta certeira, de uma precisão ausente da fisionomia do menino.

A Condessa atravessou a porta fechada como se fosse um fantasma.

— Quem é meu pai? — Tom repetiu a pergunta, quase gritando, com pontaria.

Ele ainda pôde ouvir a Condessa dizer, mesmo com um último fiozinho de voz:

— Seu pai é aquele em que eu sou especialista... Eu o estudo há séculos. Seu pai é o Tempo... Palavra e Tempo fazem menino, Palavra e Tempo dão o Tom. (Ou vice-versa?)

Pela janela, Tom, Cartolina, Jubileu, Pastilha e Escaleno viram o último voo da Condessa. Havia uma enorme lua cheia. Ela atravessou o céu num tapete voador. Enrolara um cachecol tcheco em volta do pescoço e, com postura ereta, exibia um olhar desafiador. Elegante, seu manto real ondulava. Uma escola de samba inteira a escoltava, bem brasileira, num espetáculo impressionante.

À medida que se afastava, tomava o aspecto de um cometa rasgando o céu noturno a caminho da Europa. Desapareceu.

"Se meu pai é o Tempo, ele esteve sempre presente, ao meu lado, me acompanhando... mesmo quando me acreditei sozinho..." pensou Tom consigo mesmo.

Difícil sentir a presença do tempo, que passa com mais sutileza do que o sopro da brisa na relva silvestre.

O RISO

Os meninos estavam tão entretidos com a estória e com os últimos fatos, que nem repararam que já tinha anoitecido. Excitados com os extravagantes acontecimentos, quiseram fazer um lanche.

— Que fome! — exclamaram. Os biscoitinhos de letras só haviam aberto o apetite de todos. Símbolos não enchem o bucho de ninguém.

— Estou salivando! — disse Pastilha, faminta.

— Isso me lembra Pavlov — comentou Jubileu.

— O que disse Pavlov? — quis saber a mesma Pastilha.

— Pavlov é aquele antigo cientista que salivava ao ver um cachorro — respondeu Escaleno, enquanto Cartolina dava uma dentada numa maçã muito vermelha que encontrara na cozinha.

Notaram que a chuva tinha parado e que poderiam passear pelo jardim depois do lanche.

Assaltaram a geladeira, enchendo a mesa de quitutes. Pastilha, sentada num minúsculo banquinho, começou a ordenhar uma cabra que estava no quintal da casa de Tom.

— Leite de cabra é cheio de vitaminas! — proclamou.

— Vamos trocar alimento por ideias, para fabricar mais estórias! — disse Cartolina.

— Vamos trocar alimento por energia para brincar — disse Escaleno.

— Muito saudável demais esse lanche — comentou Jubileu, que detestava comida saudável, olhando cereais numa tigela. — Bolinho de chuva? — sugeriu.

Um tamanduá-bandeira passeava pela sala, com sua língua comprida, de estranha coloração, buscando cupins e formigas, fazendo uma limpeza geral, que incluía eventualmente uma ou outra letra esquecida, de sabor formidável.

— Ele também está fazendo seu lanche! — afirmou Jubileu, referido-se ao animal.

— Um lanche bastante proteico! — observou Cartolina.

Enquanto comiam, comentavam e digeriam a fantástica estória da pequena Condessa.

— Para que será que Caramujo jogou a garrafa no mar com a estória dentro, para depois Condessinha ter que vir apanhá-la aqui? — questionou Pastilha. — Por que não publicou direto lá no tal Vale Baixo?

— A pergunta é boa — respondeu Cartolina —, mas a resposta é fácil: naquela Europa antiga, havia muito preconceito. E ainda hoje há! É a pior doença do homem, uma desgraça, uma virulência, uma barbaridade... Caramujo era muito perseguido na Europa. Ele era um escritor livre. Os governantes não gostam de escritores livres. Ele teve que jogar longe a estória para que ela se salvasse...

— Mas o que mudou, agora?! O preconceito não acabou, né? — indagou Escaleno.

— O que mudou? Tudo! — afirmou Cartolina. — A Condessa virou Princesa, quem vai se meter com uma Princesa? Agora ela tem mais poder do que antes... e a estória pode ser publicada. Se você tivesse prestado bastante atenção, saberia disso. Condessinha casou para ter poder pra publicar escritos proibidos!

Pastilha, alheia às muitas palavras, preparava com o leite da cabra um *milk-shake* tão denso que, ao bebê-lo, sentiu quase um princípio de vômito: tinha prazer em desafiar limites.

Escaleno comia simplesmente pão com manteiga e preguiça. "Muita palavra cansa!", pensava ele.

Ouviram, de repente, um bruta berro que interrompeu suas conversas: "ACABOU!".

Era o micro-ondas no qual Jubileu tinha colocado os bolinhos de chuva para esquentar. Em vez de apitar no final, ele dizia palavras. Uma nova invenção: um ponto de encontro entre alimento e palavra.

Muito sucesso! Colocaram a máquina para funcionar muitas vezes somente para ouvi-la gritar alguma coisa. Ela dizia várias frases: "tá pronto!", "tá aqui!", "acabou!", "vem buscar!", "carne da minha perna!", "chega!". Tudo com voz metálica e aguda. A cada grito, morriam de rir.

Pastilha chegou até a se arrastar no chão, de tanta graça, buscando conter em si o *milk-shake* recém-consumido. Jubileu se contorcia, pressionando o abdome, com medo de passar mal. Escaleno dava tapas na própria coxa. Cartolina ria baixo, grave e seco.

Cada um tem um jeito próprio de dar risada. A risada e o espirro revelam imediatamente a personalidade da pessoa. Até a origem social se manifesta numa gargalhada. Mas muito mais que isso. É por isso que alguns tapam a boca numa tentativa de brecar a nudez de espírito. Buscam mostrar menos da matéria de que são feitos. Mas fracassam: é como querer não se molhar debaixo de uma tempestade. Se o fluxo do riso já se deu, penetrou-se vários metros abaixo do *iceberg* da alma. Os subterrâneos da pessoa se manifestam... Rir é como descobrir-se subitamente sem calças numa cerimônia a rigor. A risada desarma o homem que, por um momento, fica exposto, vulnerável, em descontrole.

Outros, entretanto, tapam a boca para evitar que a dentadura escape na gargalhada. Alguns riem como quem chora. Outros riem como quem ri. Alguns riem como quem tosse. Outros riem como quem geme. Alguns riem timidamente. Outros riem com exuberância. Alguns transbordam. Outros, conta-gotas. O riso de uns faz pensar em cócegas. O riso de outros faz pensar em hemorragias. Noutros, hemorroidas. Uns riem garoa fina. Outros riem Foz do Iguaçu. Nalguns, pulmão inteiro se manifesta. Noutros, apenas dentes. Noutros ainda, a ausência deles.

O riso diz do que a pessoa se alimenta. Uns riem mingau, outros, caipirinha. Ao rir, a pessoa revela se é amada, se tem medo, se ainda deseja, se é feliz. O riso nuns revela paixão; noutros, economia.

Generosidade aqui, mania de limpeza ali. Grandeza de espírito alhures. Firmeza de propósito acolá.

O mesmo ocorre com o espirro. Riso e espirro são fenômenos de fronteira. Indefinidos e híbridos, ainda não decidiram em que campo estacionar: animal ou humano. Tanto o riso quanto o espirro têm um pé na selva e outro na civilização.

O animal que a pessoa é aparece inteiro no riso e no espirro. Alguns são jumento, outros, quati.

Ao rir, em geral, a pessoa feliz solta um som ao expirar. A este som dá-se o nome de riso. Algumas pessoas, entretanto, acrescentam outro som na inspiração. São justamente estas pessoas que revelam com evidente clareza o bicho que são — que estava camuflado, hibernando, até o descontrole. É a besta que habita o homem que desperta e se agita (mas, no caso do riso, é a besta do bem).

Os animais também espirram, embora nenhum deles ria. Cães ladram, leões rugem, pintassilgos chilreiam, mariposas farfalham, poetas versejam. Guincham, grunhem e balem. Mesmo havendo diferenças, um latido é equivalente a outro, um rugido a outro, um chilreio a outro.

Ao contrário, no quintal do homem, mesmo havendo semelhanças, um espirro é irredutível a outro. Riso e espirro são como impressão digital.

O bocejo é um fenômeno do mesmo tipo. É uma palavra que, talvez pelo fato da pessoa estar cansada, ainda não se despregou totalmente do corpo.

E fim.

FIM

Estavam ali os quatro rindo como hienas... Só então repararam que Tom estivera ausente. Presente de corpo, mas ausente de espírito. Mudo e com o olhar distante, ele permanecia sentado no mesmo lugar, desde que entregara a garrafa à Condessa.

Voltaram-se ao amigo ensimesmado.

— Há muitos cansaços em seus olhos — exclamou Cartolina.

Ela logo percebeu que havia uma palavra engasgada na garganta de Tom. Embora não parecesse engasgado, estava com algo entalado na garganta.

Pastilha se aproximou já com a pinça na mão, pronta para passar o instrumento à Cartolina. Mas Cartolina a dispensou.

— Vamos usar a estratégia antiga — disse ela. Deu um bruta tapa nas costas de Tom, que tossiu longe uma palavra.

A palavra caiu debaixo do sofá. Escaleno correu para apanhá-la. Abaixou-se e procurou-a, tateando. Puxou uma palavra dali debaixo.

Era a palavra "fim", escrita em letra de forma *miúmida*: miúda e úmida.

A palavra "fim" espichou-se bastante (assim: "fffffiiii-immmmm"), desprendeu-se das mãos de Escaleno, e saiu minhocando lépida em direção ao jardim. O menino ainda tentou alcançá-la, mas em vão: rápida, escondeu-se atrás duma grande samambaia, impedindo o término deste livro...

— PARTE V —

ALDEIA MARAVILHOSA DO BRAZZZIL

Alguns meses depois, num final de semana de junho, única época em que a temperatura da cidade é suportável, toda a turma resolveu ir à Aldeia Maravilhosa.

Desejavam os amigos assistir à aterrissagem da baleia-azul, apesar de não saber exatamente em que ano isso teria ocorrido.

— Poderia bem ser hoje! — exclamou Escaleno.

— Mas ela chega ao Brasil num ano-novo! — lembrou Pastilha.

— Não adianta esperar por ela agora!

— Estamos em junho...

Escaleno, então, perguntou a uma senhora que andava a passos firmes:

— Condessinha Fedida já deitou baleia azul?

A mulher consultou o relógio e disse:

— No momento, não.

Jubileu achou graça. Pastilha olhou a praia e o mar. Tinha esperança de encontrar Caramujo por ali. Se Condessinha ainda não havia chegado ao nosso século, ele ainda deveria existir pelos mares da Aldeia. Em vão... Avistou apenas um bando de baiacus, saltando para fora d'água, qual balões, barrigudos.

— Esta é a cidade mais linda do mundo! — comentou Jubileu.

E era mesmo maravilhosa a Aldeia Maravilhosa.

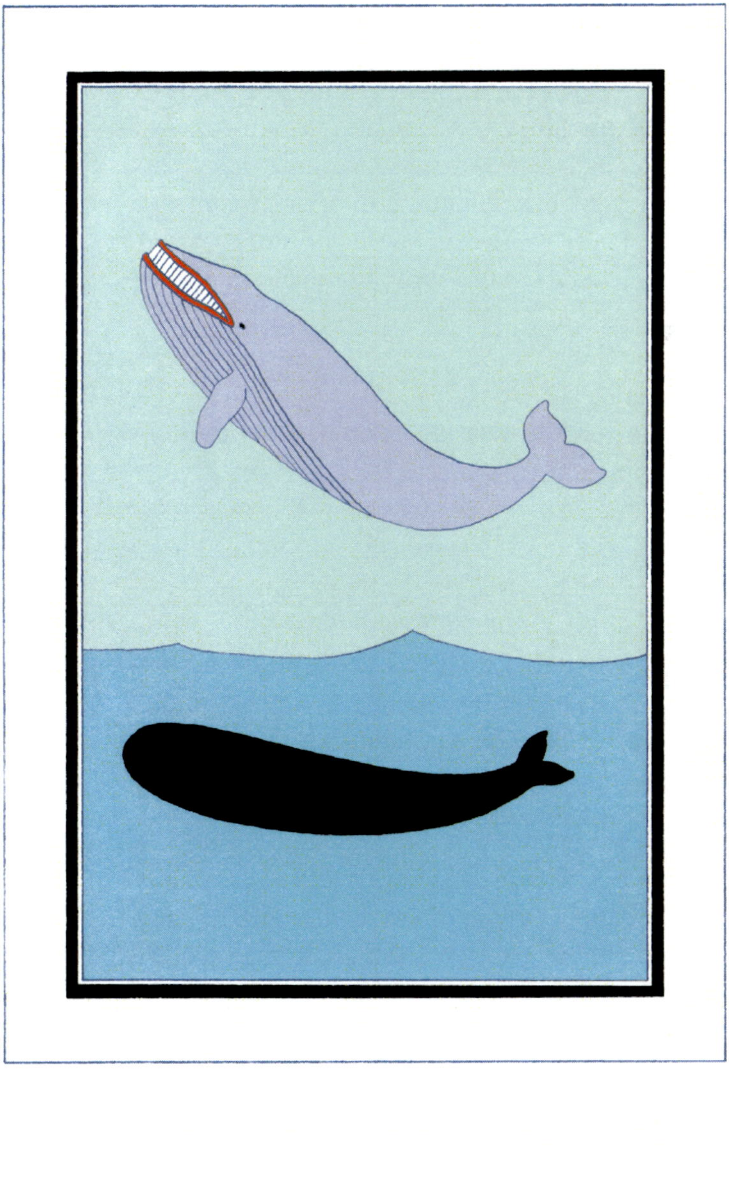

Vagaram os cinco amigos pela cidade, afastando-se da orla. Errando, descobriram-se em Dona Teresinha, um bairro da Aldeia, com seus altos e baixos, bondes e curvas antigas.

Cartolina ia tateando, compenetrada. Enquanto comia uma panqueca, procurava alguma coisa precisa, algum local nítido mapeado em sua cabeça. Guiava-se pelo cheiro de canela. Soltou do bolsinho um pirilampo de nome Lúcio-fusco, que se acendeu e indicou como uma seta, desenhando um sentido exato.

Bem ali, Cartolina apontou com o dedo mindinho um pequeno estabelecimento, como quem teria encontrado o que buscava. Os amigos estavam diante de uma livraria incrustada numa curva do caminho e escondida por uma espécie de floresta densa.

Um estranho porteiro, de nome Mezanino, muito musculoso, pediu a senha.

— Sartel, arvalap, augníl — sussurrou Cartolina.

Entraram.

Ali fuçaram, como cães farejadores, escarafunchando os corredores de estantes... Livros raros e usados. Numa prateleira, Pastilha encontrou um livro antigo chamado *Peripécias de uma Condessa e de seu Caramujo Falante ou O último livro do mundo ou Tratado sobre todas as coisas*. Cheio de pó e exatidão.

Alarmada, chamou seus amigos que se reuniram em torno do livro. A capa exibia o nome do autor: Caramujo Mata-borrão. Nas primeiras páginas havia uma lista de agradecimentos. O nome de todos os amigos estava lá.

> *A meus amigos do passado: Tártara Pia, minha musa; Ademar, curandeiro, que ensinou um sonho à triste e fedida Condessa; a meus amigos do futuro, meninos de futuro: Cartolina Filipeta; Jubileu Desdém; Escaleno Profícuo; Pastilha Bubônica; Prancheta Op Cit, aldeã, melhor amiga da minha melhor amiga; a minha adorada mãe, de Limpíssima e Alvíssima Alma...*

A lista era grande. Notaram a ausência do nome de Tom. Mas, em seguida, encontraram na página seguinte uma dedicatória:

> *Dedico estes escritos a Tom Oriundo, filho de Palavra e filho de Tempo, o verdadeiro autor deste livro.*

E, em seguida, outra dedicatória, esta um tanto enigmática (enlutada, talvez?):

> *A meu pai, me atrasei de novo... Não importa, se te alcanço... Vale Baixo, vale tudo, inverno 1704.*

Vibraram com a descoberta do livro amarelado, já publicado em idos tempos. Planejaram ler muitas vezes a estória para dar vida e alegria a Condessa Fedida e a Mata-borrão.

Viram, em seguida, nas páginas iniciais, um escrito familiar, mas formulado do avesso:

> *Esta é uma obra de realidade. Qualquer semelhança com a ficção terá sido coincidência.*

"Curioso!", pensaram juntos.

Ao conferir o índice, compreenderam que havia mais aventuras da Pequena Condessa além daquelas contadas por Tom.

— Quando as letras e palavras se embaralharam no balde, a gente deve ter perdido alguns episódios da estória da Condessinha. É provável que algumas passagens, ocultas para nós, se tenham espontaneamente desembaraçado, aparecendo na publicação — disse Cartolina à guisa de uma explicação. E completou: — Eu de fato sei que a Condessa foi uma grande cantora de ópera na Aldeia.

— E sirene de ambulância, ela também foi? — perguntou Pastilha.

Tendo comido os biscoitos, provenientes da massa de letras, cada um deles sabia intimamente alguma coisa inédita sobre a vida de Condessinha. Biscoitos-finos digeridos levam o cidadão a intuir coisas fantásticas, mais com o corpo do que com a mente: lembranças físicas, ainda não cerebrais... Sensações puras, ainda sem nome.

— E você, Tom, sabia disto? Sabia que a Condessa foi uma grande cantora de ópera? E sirene, ela foi ou não foi? — indagou Jubileu.

— Não sei tanto sobre as estórias que moram em mim. Só sabia que havia mais estórias. Muito mais... — disse Tom.

— Que bom! — exclamou Escaleno. — Quem sabe não sai uma continuação da estória da Condessinha...

— Isso mesmo — concordou Pastilha —, quem sabe não é uma trilogia!

— A aguardar o futuro! — proclamou Jubileu.

— Por que um dos títulos é *O último livro do mundo*? — quis saber Pastilha.

— Essa é fácil — respondeu Jubileu. — É porque ninguém vai mais ler livros num futuro bem próximo. Livro vai ser bem logo obsoleto que nem um calhambeque!

— É mesmo? — admirou-se Escaleno.

Cartolina confirmou com a cabeça... Tristemente!

Deixaram a livraria felizes e confusos, diante de tantos enigmas vividos recentemente... Apenas Cartolina e Tom permaneciam tranquilos, quase até indiferentes. Iniciados nos mistérios, não se surpreendiam muito fácil.

Para os iniciados, muitas questões caras à maioria dos humanos resultam irrelevantes. Vice-versa, o homem sábio faz do óbvio um problema.

LEITURA DO GRANDE LIVRO

Voltaram ao Morro, levando consigo o livro pesado. Era um livro de mesa, grande, retangular, do tamanho de uma pequena janela.

— Esta encadernação é a reencarnação de Caramujo! — disse Cartolina, com a obra na mão.

E, assim, noutra tarde chuvosa, reuniram-se em torno do velho livro, recordando as estórias já conhecidas. Algumas passagens eram inéditas: aventuras contidas na tosse de Tom que não chegaram a virar estória.

Outras passagens fantásticas eram transcrições de tudo aquilo que cochicharam e que eu não consegui escutar quando, revoltados, me expulsaram da estória.

Descobriram a definição de corrida com canja, a modalidade esportiva que Condessinha assistira no Vale Baixo, logo antes de começar o tratamento com Curandeiro Ademar: *corrida com canja — prova milenar, que deu origem às outras provas todas, reúne mães com filhos resfriados. Elas têm de sair correndo, aflitas, com um prato de canja nas mãos e atravessar a cidade em direção a seu filho acamado.*

— Ah!, tá explicada a corrida com canja — gritou Escaleno, entusiasmado.

Iam juntos, remando, revezando a leitura, um de cada vez, em voz alta, avançando capítulos. Uma boa estória pode ser lida mais de uma vez. E a mesma estória, às vezes, parece outra, quando a lemos pela segunda vez. Uma boa estória pode ser lida uma, duas, três, mil vezes.

E assim começava o velho livro, com uma tortuosa introdução, seguida de ruelas vicinais:

> *Composta de vários capítulos, a fábula que se segue é indicada para crianças de várias idades. O que varia é a posologia. Crianças de idades diferentes deverão visitar capítulos diferentes, numa sequência diferente. Crianças de idade tenra deverão suprimir certos capítulos, que poderão ser lidos ou ouvidos num futuro incerto, quando elas tiverem deixado de ser tenras. Crianças ternas poderão se chocar com a atitude dos personagens ou com a tensão do enredo em certas passagens, mas não em outras (esta estória também se presta a crianças não ternas).*
>
> *Pesquisas mostram que a estória não é contraindicada para cidadãos de temperamentos diversos.*

Em caso de superdosagem, recomenda-se soneca.

Testado em amplo espectro, não se mostrou nocivo, nem tampouco nefasto. Não há relatos de reações adversas importantes.

Mantenha o frasco no fresco (19 a 25 graus Celsius) e afastado do sol.

Despreze o primeiro jato e persista na dosagem.

Indicado também para homens de terno e vitelas tenras.

(Não indicado para: mulheres de tailleurzinho*).*

Homens meigos.

Mulheres meigas.

E leigos.

Podólogos, sim.

Pedófilos, não.

Pedagogos, sim.

Demagogos, não.

O preâmbulo prosseguia, tomando a forma de uma confissão:

Uma fórmula encantada, contida na entrelinha, permite àquele que tiver pousado o olhar neste manuscrito envelhecer e desenvelhecer, morrer e desmorrer tantas vezes quantas quiser.

Sem cirurgia plástica nem maquiagem, apenas letras.

Mas não há nada de esotérico nisto: é o próprio tempo do escritor, concentrado em cada página, que se transmite ao leitor num arco reflexo!

Só assim pude driblar os paradoxos e evitar que minha obra fracassasse.

Viva eu!

— Muito espirituoso! — comentou Jubileu.

A curiosa preliminar continuava mais um pouco:

Dividi este grande e último livro do mundo em inúmeros capítulos. Por quê? Capítulos são, para o leitor-criança, aquilo que a borda da piscina é para o nadador: uma pausa. A borda do capítulo é um respiro que divide e muda de assunto. O leitor cansado e ofegante se apoia nela. Já o leitor bem treinado e habituado a grandes caminhadas, prescinde de divisão. Perdoe o leitor-atleta pelo excesso de bordas desta nossa piscina!

Depois dos preâmbulos, encontraram capítulos em sequência, desde as palestras chatas de Cartolina, passando pela aterrissagem da baleia-azul, até a Condessa em forma de holograma. Interessante observar o misterioso fato do livro trazer, como estória, as aventuras dos cinco amigos, anteriores à fabula da Condessinha propriamente dita. Generoso, esse Caramujo. Incluiu em seu livro até as passagens da descida da Serra Velha e da subida também: estavam lá o bosque de cefaleias, a lagosta poluída, o espetáculo da banheira e várias outras cenas...

Havia ainda um aviso posto no início de cada capítulo:

As melhores condições foram criadas para a leitura deste grande livro: ar condicionado em perfeito funcionamento; sauna seca e a vapor; frigobar; piscina aquecida. Cabides e toalhas à vontade. Sandálias de borracha. Aqui, todos os personagens têm nome! Qualquer sugestão, reclamação, observação é bem-vinda. Dirija-se à recepção. Ficaremos felizes em tornar sua viagem o mais confortável possível. Sua presença é muito importante para nós. Obrigado por voar conosco. Agradecemos também ao Governo do Estado pelas páginas asfaltadas.

À medida que a tarde chovia no molhado, avançavam a leitura, aproximando-se do fim. O livro ia se tornando gordo do lado esquerdo e bem magrinho do lado direito. É sempre assim, a não ser em certos países do Oriente, onde o que ocorre é o oposto.

Foram refrescando a memória em várias passagens da estória que bem conheciam, e nas quais eram personagens. Riam excitados ao se reconhecerem no enredo e nas fartas ilustrações que o livro trazia. É intraduzível a sensação de ser personagem de uma estória. Mistura de duas realidades: uma real, outra virtual.

Noutras passagens, faziam silêncio, ao percorrerem os trechos por eles desconhecidos. Era ainda mais excitante e misterioso descobrir os acontecimentos que, embora contidos nos engasgos de Tom, não haviam sido contados nem por Cartolina, nem por nenhum deles. Trechos sobre os quais não tinham a mais vaga lembrança, nem sequer física — ali, nem os biscoitos finos puderam alcançar!

Nesses momentos, ninguém nem piscava e os olhares concentrados até iluminavam as letras. O próprio livro se acendia.

Revezando a leitura a tarde toda, finalmente, aproximaram-se das últimas páginas. E lá estava escrito tudo que sabemos. Assim:

> *E voou riscando o céu da noite do Morro. Num tapete-mágico, tendo a lua cheia como pano de fundo, a Condessinha levava a garrafa que continha sua estória. Atrás dela, uma escola de samba. Pousaria no Vale Baixo, gelado e distante.*

Na página seguinte do grande livro antigo, depararam-se com o engasgo de Tom. Era a palavra "fim", úmida e miúda, que Cartolina, com um tapa, fizera o amigo cuspir.

Até este ponto, todos lembravam da estória tal qual havia ocorrido, mesmo que, às vezes, contada de uma maneira um pouco diferente.

Tudo muito bem.

Na página seguinte, ainda mais próximos do final, Cartolina viu a cena dos cinco amigos entrando na livraria-sebo da Aldeia.

— Puxa! — exclamou ela. — Bem atualizado!

Fez-se uma pequena pausa e, em silêncio, todos sentiram uma espécie de orvalho gelar suas nucas. Como uma brisa geladinha. Ou um tapinha com mão de criança.

Seus olhos se encontraram em interrogação.

Cartolina se pronunciou numa linguagem obscura, como um código-morse: "é um sinal que veio do futuro, veio do passado, terra, cuspe, nuca".

E explicou:

— Quando gela atrás do pescoço, quer dizer que algo importante está para acontecer. É um sinal que veio do futuro, deu a volta na terra e bateu na nuca... Se você cospe com bastante força pra frente, o cuspe sai em linha reta, dá a volta no mundo e bate na sua própria nuca... É um cuspe de esperança... Se você cospe com muuuuuita força, o cuspe sai em tão alta velocidade que atinge a sua nuca antes mesmo de ser cuspido.

SOBREVIDA DA ESTÓRIA

Aviso Importante: as próximas porções da estória não são recomendadas às pessoas de nervos sensíveis demais. Turbulências no horizonte — em caso de náuseas ou enjoo, um saquinho cairá automaticamente do teto, para alívio pessoal. Não apoie os pés na poltrona à sua frente. *No cigarettes disposal.*

Cartolina virou mais uma página.

E viu o grupo de amigos reunido na sala da casa de Tom, numa tarde chuvosa, lendo um grande livro.

Essa página era só uma figura sem palavra, como uma fotografia dos cinco amigos reunidos, tendo ao fundo o janelão através do qual se via a chuva teimosa.

Intrigados, todos eles pediram para que Cartolina virasse mais uma página.

Ao fazê-lo, deparou-se com a seguinte frase: "Cartolina vira a página".

Compreendendo que foram conduzidos ao mais absoluto presente, pensaram na palavra *coincidência*.

— A estória ali coincide com a estória aqui! — pronunciou-se Tom, com ares de sábio, apontando com o indicador de uma das mãos a página do livro e, com o indicador da outra mão, a sala onde estavam. *Ali* era o livro. *Aqui* era aqui!

Jubileu apreciou toda a profundidade das palavras do amigo.

Instintivamente, a mão de Cartolina virou a última página, acompanhada pelos amigos atentos.

"O que viria a seguir?", pensaram juntos, telepaticamente. "O futuro?"

A última página estava em branco e brilhava.

Cartolina se debruçou sobre a página para olhar mais de perto. Viu a própria imagem de seu rosto refletida!

— Como estou gorducha! — exclamou. — E quantas espinhas no meu rosto! Que pena não poder me encantar com o reflexo da minha imagem!

— Isso aí é um espelho! — protestou Jubileu.

— Já não é mais — disse Cartolina. O reflexo de sua imagem havia sumido.

A menina não se conteve e tocou a página com o dedo. Encontrou uma película que resistia, como se fosse uma finíssima camada de papel filme, desses de cozinha, com os quais se embrulha alimento.

Tom avançou na frente da amiga com insuportável curiosidade. Também queria tocar a página em branco.

Ao fazê-lo, provocou nessa misteriosa superfície pequenas ondas circulares concêntricas. A película de papel filme desaparecera e a janela do livro parecia um pequeno lago retangular.

Jubileu se aproximou e tomou o lugar de Tom.

Escaleno disse assim:

— Nós poderíamos pescar aí...

E Cartolina completou:

— Pescar numa página em branco... deve ser esta a sensação de um escritor...

— Ou vice-versa! — ponderou Tom. — É o livro que pesca quem escreve!

— Como? — indagou Cartolina.

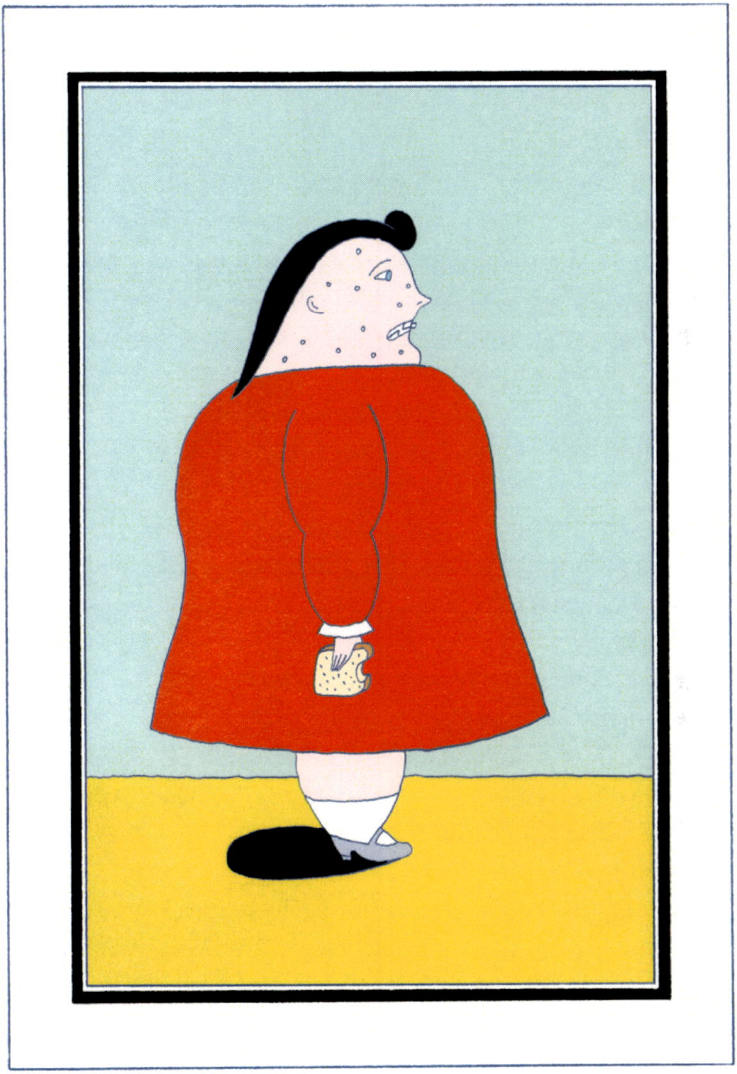

— Livros pescam o escritor! E também livros capturam leitores — disse Tom, com sabedoria. — O texto tem anzóis distribuídos pelas páginas e parágrafos. Aqui e ali, ele fisga o leitor...

— É um campo minado! — compreendeu Cartolina. — Perigo!

— Também quero tocar aí... — disse Jubileu.

ENCONTRO COM O IMENSO

Os cinco amigos formaram fila para tocar a página em branco. Jubileu, já em seu posto, olhando para o livro, percebeu que a página já não era mais branca. Era escura e funda. Ao tentar tocá-la, reparou que não havia mais nada que resistisse ali. Nem um espelho, nem a película fina de plástico, nem uma superfície de água... Não havia nada e sua mão atravessou o livro.

Ele puxou a mão rapidamente, numa reação de susto. Sua mão retrocedeu gelada, com alguns flocos brancos de neve grudados aqui e ali.

Era a vez de Pastilha experimentar. Ela olhou a página escura.

— É um grande *canyon* — disse, perplexa. — Ou um abismo!

Aproximou a sua cabeça e chamou:

— Estória!

Em resposta, ouviu o seguinte: "Ória, ória, ória".

Então ela gritou:

— Eco!

E o livro devolveu sua palavra em triplo: "Eco, eco, eco!".

Pastilha e Escaleno riram alto.

— Shhhh! — disseram seus amigos.

Então, daquela abertura do livro, ouviu-se um grande arroto.

— É habitado! — declarou Cartolina.

Pastilha e Escaleno puseram-se a rir ainda mais, descontrolados.

— Veio dali de dentro — disse Jubileu, apontando a página-buraco.

— Foi um coaxo do livro! — murmurou Cartolina. — São os sapos engolidos das estórias!

Ficaram todos reunidos, desconcertados, em torno do grande livro. Escaleno tomou a frente e disse:

— Vou entrar!

Pastilha alertou:

— Cuidado!

Mas, lépido, Escaleno mergulhou através da página-janela. Flexível e invertebrado, pronto! Estava no andar de baixo!

Ele chegou numa antessala muito grande, silenciosa e limpa. Limpa demais! E era o maior silêncio que ele já tinha ouvido. Mas, subitamente, Escaleno escutou um barulho. *Tum-tum-tum*, som surdo. Batidas de um surdo de uma escola de samba? Não! Eram as batidas de seu próprio coração. Escutou também sua respiração descompassada, que o fez lembrar de uma UTI de hospital. Reparou que não havia nada vivo ali. Nenhum ser vivo. Nenhuma planta. Nenhuma coisa nenhuma.

O menino viu uma placa pendurada na parede. Ali estava escrito: "Porão das Estórias — Armazém de Todas as Coisas". Então era ali que ele estava!

Uma tabuleta solitária, plantada no meio do hall, trazia a seguinte mensagem: "Escaleno, Escaleno, tire seus sapatos".

Ele era esperado?

Rapidamente, retirou os tênis dos pés, deixando-os debaixo da passagem pela qual tinha entrado.

— Vai ser bom — antecipou o menino —, assim, na volta, vou saber por onde sair daqui!

PRIMEIRA PORTA

Havia cinco portas fechadas que davam para esta grande antessala, onde Escaleno se encontrava. Ele tomou coragem e abriu a primeira porta.

Encontrou uma grande sala atulhada de letras e de nomes sem sentido e de palavras sem nexo. Tudo muito desorganizado e de pernas para o ar. Letras agrupadas aleatoriamente, sem que nenhuma palavra inteligível se formasse. Junções de letras ao acaso. Letras livres, circulando ao bel-prazer! Sentenças em caracol, como que comendo a própria cauda. Uma orgia de cobras, era isso o que parecia! Núpcias de cascavéis! Mas logo as cobras começaram a se mover. Muitas orações e frases, uma se enrolando na outra, parecendo coisa viva. "Muitas serpentes!", pensou Escaleno, e logo viu a palavra *serpente* se formar. "Parece uma centopeia!", e logo as letras certas se juntaram para fazer a palavra *centopeia*. "Agora um trem!", e vários *T* se agrupam com vários *R* e com os *E* e com os *M* pra fazer um *tttrrreeemmm* comprido. Escaleno ficou embasbacado. Era a palavra se esforçando desesperadamente para ganhar vida, mesmo sem a presença da coisa a que ela se referia. O menino viu, claramente, grupos de palavras aproximando-se de outros grupos de palavras, em movimentos de espasmos. Ou outros grupos em fuga, como um enxame enfurecido. "Então será isso que Cartolina quis dizer em sua palestra?", pensou Escaleno, "ao explicar que as palavras podiam se atrair ou se repelir? Ao dizer que nem todas as palavras se dão bem?" Ele assistiu à dança das palavras e letras que pareciam obedecer a um magnetismo oculto. Umas se pregando às outras, ou então se afastando, numa desavergonhada rejeição. "Chumaços de letras, isso é o que parece", pensou o menino. E logo a palavra *chumaço* desfilou numa exibição. "É um macarrão de longas sentenças!", pensou ele. Eis que, quase previsível agora, o verso *sentença de macarrão* passou lentamente se arrastando, como que desafiando-o. Então lhe ocorreu que ele estaria diante de uma legenda viva. Uma legenda que ia irradiando os pensamentos que estavam na sua cabeça. A palavra *legenda* se insinuou, entrelaçada com outras palavras enganchadas a ela, como muitos cabides amontoados. "Ou, então, um buquê de cotovelos e de joelhos reunidos!, é isso que parece!", pensou Escaleno. As palavras *cabides*, *cotovelos* e *joelhos* imediatamente se formaram diante de si. Subitamente ocorreu ao menino que, talvez, pelo contrário, não fosse a legenda que traduzisse aquilo que ele pensava, mas que era a legenda que determinava as coisas que ele ia pensar! Escaleno sentiu vertigem e recuou, assustado. "Que louco!", pensou consigo. Fechou esta porta e se dirigiu à segunda sala.

SEGUNDA PORTA

Ao abri-la, deparou-se com um espaço vazio, escuro e cheio de cheiros. Um monte de odores misturados. Uns antigos, outros recentes, uns perfumes, outros fedor. Fragrâncias e aromas, cítricos e doces. Temperos e hálitos. Químicos e orgânicos. Tão densos eles eram, que até seus gostos podiam-se apreender. E o sabor, sabemos, é primo-irmão dos odores. Muitos cheiros eram antigos e despertavam lembranças antigas de coisas esquecidas. Outros cheiros eram de futuro, de estórias ainda não ocorridas e ainda não escritas. Estavam ali estocados, prontos para serem usados. Prontos para se ligarem a acontecimentos futuros que ocorreriam, seriam escritos e se transformariam em passado. Não é isto um livro?

Impossível dizer quantas estórias o menino farejou. Alguns odores despertavam a fome da boca, outros, memórias e palavras. As memórias fazem o cérebro formigar de palavras. A fome faz a boca salivar.

Cada cheiro despertava uma emoção. Cheiro de intimidade, cheiro de chuva, cheiro de tarde, cheiro de verde... Cheiro de vergonhas. Vergonha é ausência de intimidade. Intimidade é ausência de vergonha.

Cheiro de flor. Cheiro de um buquê com todas as flores do mundo.

O menino se deu conta de que não aguentaria muito mais tempo exposto a esses estímulos e aos turbilhões de afetos em seu corpo, que se levantavam animados pelos aromas.

Ao fechar a porta num gesto decidido, sentiu outra vez um último cheiro. Era, de novo, aquele cheiro que os velhos sentem cada vez mais raramente. Ainda um aroma que lembra esperança mas que é, na verdade, outra coisa. Mais uma vez, o cheiro do futuro.

TERCEIRA PORTA

O menino, então, comovido e ainda curioso, tentou a terceira porta. Encontrou ali um espaço tão vazio e tão escuro quanto o anterior, mas lotado de sons. Todas as sinfonias já compostas e todas as buzinadas de todos os carros do mundo e todas as tosses jamais tossidas e todos os gritos gritados e melodias e ruídos, tudo estava ali concentrado, quase como se fosse uma massa palpável. Badalos de sino. Apitos de trem e de navio. Choros chorados e risadas ridas. Guinchos guinchados, grunhidos grunhidos, balidos balidos, latidos latidos, rugidos rugidos, mugidos mugidos. Todos os miados jamais miados. Cacarejos cacarejados. Pios piados. Assobios assobiados. Espirros espirrados.

Escaleno fechou logo a porta com medo de ficar surdo e louco. Percebeu, então, que não podia respirar direito. Na antessala, e em todo lugar por ali, não havia oxigênio bastante. Ele teria de voltar à superfície para tomar ar. Mas ainda queria saber mais. Apressado, se voltou para a quarta porta.

QUARTA PORTA

Ao abri-la, deparou-se com um grande depósito de todas as coisas. Coisas mudas, sem som, sem cheiro, sem nome. Coisas disparatadas. Calça, sofá, carro, colher, fronha, caderno, cachorro, pilha, óculos, vaca, porta, lanterna, camisa, geladeira, prédio, ponte, navio, agenda eletrônica, jornal, poste, balcão, terraço, árvore, beijo, montanha...

Entretanto, como todas essas coisas ainda não tinham nome, Escaleno não garantia que eram as coisas que ele pensava que eram. Por exemplo, a calça parecia uma calça, mas talvez fosse um pano de chão. Ou, então, uma tubulação hidráulica em T. Ou uma estrada que bifurca. Talvez o sofá fosse um hipopótamo. O cachorro, uma montanha. A fronha, um livro. O beijo, o cruzamento num semáforo. A geladeira, um edifício. O terraço, uma lavoura. O jornal, uma pomba atropelada. Cada coisa talvez fosse outra coisa porque nada tinha nome. Tudo parecia aquilo e outra coisa também.

Então Escaleno sentiu frio. Além da falta de ar, muito frio.

"Coisas sem nome me deixam zonzo e me dão frio", ele pensou. "Ausência de vida, também. Lugar muito limpo, também", concluiu.

Escaleno se lembrou de Caramujo Mata-borrão, que sempre alertou para os riscos do excesso de limpeza...

O menino se deu conta de que não tinha condição de abrir a quinta porta. Ele estava quase sufocando. Fechou a quarta porta. Aproximando-se do par de tênis, olhou pra cima e viu a claridade da abertura da página em branco.

"Deve ser esta a visão de uma foca nadando por baixo do gelo", imaginou ele. "Tomara que um urso polar não esteja lá em cima pronto para me abater!"

Dirigiu-se ao ponto exato da antessala. Ainda percebeu algo que não havia notado antes: uma pequeníssima janela do lado esquerdo da antessala, parecendo uma escotilha de navio ou de submarino. Enxergou, através do vidro, um jardim gelado de árvores enormes e petrificadas. Nenhuma folha...

Não havia mais tempo.

Calçou o tênis e, na pressa, nem amarrou o cadarço. Deu um salto ágil e alcançou o parapeito da página-janela. Agarrou-se nas bordas e pulou para dentro da sala de Tom, de volta aos amigos que começavam a ficar apreensivos com a sua demora.

DE VOLTA À SUPERFÍCIE

Respirou, aliviado.

— Então?! — perguntaram todos.

Escaleno contou tudo que viu e das portas que abriu.

— Estive no subsolo da estória! No umbigo do livro! No subterrâneo! — anunciou, excitado. — Lá deve ser uma fábrica de fazer estória. Combinando os elementos das quatro salas, faz-se uma aventura!

— Uma aventura com sentido! — acrescentou Cartolina. — Porque, pelo que você conta, todas as coisas, todos os cheiros, todos os nomes e todos os sons, separadamente, não têm sentido nenhum. Não têm começo, nem meio, nem fim, como quis nosso autor!

— Isso! — concordou Jubileu. — Para que tenham sentido, é necessário que sejam reunidos.

— Não entendo o que vocês falam! — protestou Pastilha. — O que é aquele buraco?

— São as entranhas da fábula — respondeu Cartolina com naturalidade, como se tudo aquilo fosse muitíssimo normal. — As vísceras, as tripas, os bastidores, as coxias...

Escaleno interrompeu o fluxo verborrágico de Cartolina que já ia começar:

— E eu descobri que Caramujo está certo. Limpeza em excesso é insalubre!... Descobri mais: coisas sem nome dão frio! E ausência de vida também dá frio — disse ele. — E medo!

— E a quinta porta? — perguntou Pastilha.

— Eu não abri — respondeu Escaleno.

— Não?! — indagou Cartolina, parecendo indignada.

— Não deu — disse o menino. — Senti frio e falta de ar.

— O que será que tem ali? — indagou Pastilha. — Será a casa do zelador?

— Ou a casa do autor da estória? — sugeriu Escaleno.

— Ou será que na quinta sala estão todos os sentidos concentrados? — Jubileu tentou essa hipótese e se voltou para Tom. — O que você acha, Tom?

— Sei lá! — disse o amigo.

— Talvez ali estejam as cores todas reunidas — disse Jubileu —, para que as estórias não sejam em branco e preto...

— Estarão ali estocados todos xaropes lispectorantes do mundo inteiro? — propôs Escaleno.

— Bom palpite! — exclamou Jubileu.

— Vou entrar! — disse Cartolina, decidida.

— Não! — pediu Pastilha. — Você é gorducha! Não vai conseguir passar!

— Ah, se não vou! — Cartolina deu de ombros e mergulhou naquela abertura-janela-livro.

Mas, por ser gordinha, ficou se sacudindo, entalada na altura dos quadris. Nem entrava, nem saía.

Seus amigos a agarraram pelas pernas, tentando puxá-la de volta. Sem sucesso.

— Isso é que é um impasse! — comentou Jubileu.

O tempo passou e Cartolina foi sufocando do lado de lá. Não havia bastante oxigênio. Pastilha, Escaleno e Jubileu voltaram-se para Tom, na esperança de que ele soubesse o que fazer.

Ele coçou a cabeça. Mau sinal: quando a gente não tem a menor ideia do que fazer, a melhor atitude é coçar a cabeça. Animais se coçam. Vegetais, também, mas estes dependem do vento. Pedras raramente se coçam.

Então, de repente, o grande livro, antigo e sem ar, começou a tossir engasgado com a menina entalada na sua goela. O livro deu uma baita tossida asmática e comprida. Cartolina foi cuspida para fora, caindo sobre o sofá. Vermelhona, respirou fundo.

* * *

Reparando que a chuva havia parado, os cinco amigos saíram para o jardim. O sol próximo ao poente pintou o céu de laranja. Pastilha levou o grande livro consigo e o colocou sobre uma pedra em forma de banco. A página-janela misteriosa, magicamente, voltara a ser página, voltara a ser em branco!

Correram e gritaram pelo jardim como toda criança deve fazer, gastando suas energias infinitas. Os jardins da casa de Tom eram lindos, bem cuidados, desses que só se veem em capa de revista.

Cartolina disse a Tom:

— Agora estou mais perto de você. Somente uma criança cuspida compreende outra criança cuspida!

E ambos riram, cúmplices.

Escaleno gritou:

— Viva a liberdade!

E Pastilha e Jubileu responderam mais alto:

— Viva!

Correram no jardim como se fossem um avião na pista, pronto para decolar. Outras vezes imitaram um helicóptero. Seus braços giraram como se fossem hélices.

Em torno de um grande cupinzeiro, ocre e robusto, que havia no centro do jardim, fizeram uma ciranda animada. O tamanduá perambulava por ali, enfiando sua longa língua pelos buracos que encontrava... Seu lanche não havia acabado, esganado!

Cartolina comentou com Tom:

— Faz tempo que você não se engasga, reparou?

Mas isso talvez não fosse um bom sinal...

PEDÁGIO

Pastilha, ofegante, resolveu descansar da corrida. Voltou-se para o grande livro sobre a pedra-banco e comentou:

— Gente, faltou virar mais uma página! Tem mais uma para ser virada!

— Não! — gritaram Cartolina e Tom, como se soubessem ou pressentissem algo ignorado pelos demais.

Mas foi muito tarde. Pastilha, curiosa, já tinha virado a última página. Chegara ao final da epopeia.

A última página parecia calma e em branco, como a anterior. Mas logo começou a se metamorfosear, tal qual a outra. Foi adquirindo tons escuros e profundidade. E começou a emitir um som surdo e sufocado, meio gutural, como o de alguém engasgando. E, de repente, o livro transformou-se numa grande boca.

— Dê a César o que é de César! — disse Tom, com urgência.

Cartolina rapidamente se dirigiu ao saco que a Condessinha havia deixado na casa de Tom, por ocasião da sua holográfica visita, meses antes. Apanhou o saco e, ao abri-lo, mostrou aos amigos as inúmeras coroas que havia lá dentro — indenização que Condessinha recebera do tal professor racista, o Bolsinhas: um milhão de coroas!

Jogou o saco na boca do livro, que o mastigou e engoliu, soltando novamente um arroto. E cuspindo uma moeda de 25 centavos.

— É o troco! — explicou Tom. — Livros são muito honestos!

"Isso deve acalmar o livro!", pensaram todos.

Ledo engano!...

LIVRO-ASPIRADOR

O pedágio tem sua nobre função: todo o dinheiro vai ser usado para plantar muitas árvores, projeto de alta relevância. Mas isto acalmaria os ânimos?

A princípio, de fato, a última página parecia serena. Mas, de repente, a boca do livro transformou-se numa cratera feiosa. Cospiu lava, sujando todos e tudo de lama e entulho. Rugindo, soltou sons incompreensíveis, anunciando algo que estava para acontecer... O livro parecia um vulcão, tufos de fumaça preta se desprendendo dele em direção ao céu.

— Ele está querendo dizer alguma coisa... — exclamou Jubileu.

Voltaram-se todos para Cartolina, na esperança de que ela pudesse entender o que se passava.

— Não entendo sinais de fumaça... Só entendo sons... — ela disse.

Grandes argolas de fumaça foram subindo, círculos que se dilatavam em ondas e em convulsões regulares. No horizonte, avistaram-se outras argolas de fumaça, lá ao longe, alargando-se na subida...

— É um diálogo entre livros — compreendeu Cartolina. — Eles estão se contando estórias e transmitindo tudo também àqueles que não sabem ler as letras...

— Se você não sabe ler sinais de fumaça, traduza pra nós estes roncos e rugidos... — pediu Escaleno, intrigado com os ruídos emitidos pelo livro-boca.

Cartolina se concentrou. Sua fronte ficou enrugada e séria. Espichou a orelha, que se desdobrou e se abriu como um radar, numa escuta-elefante. Ouviu os sons guturais do livro. Então, disse:

— Parece um chamado... um chamamento... Alguém chamando alguém... Não consigo ouvir mais que isso... Está meio desfocado...

— Faça uma força! — ordenou Jubileu.

A menina se concentrou mais. Sua cara e seu rosto se deformaram de fato, orelha-vitória-régia. Transfigurada, disse:

— É um apelo... São coaxos que dizem alguma coisa assim: "Filhote, vem pra casa!..." E tem também uma voz de criança gritando: "papai chegou", como que comemorando... Essa voz infantil vem de dentro de uma lareira... Tenho certeza disso... É só o que eu consigo escutar...

A cratera se contorceu até virar uma bocarra, que começou a sugar tudo em volta: sugou os jardins e os bancos. As flores e as plantas. As pedras. Sugou até os móveis da linda casa de Tom. Sofá, poltrona, geladeira e pia. Um grande rodamoinho se formou, como um leque. A boca-livro era o ralo de uma banheira. Sobre ela, um cogumelo enorme fez a sua dança, girando e entrando naquela página. Levou junto as montanhas em volta e, num desfile, pareceu aspirar tudo o que foi dito, contado e lembrado: o bosque inteiro de cefaleias, o cardume de trilhas sonoras e de enxaquecas, todo mar da Praia dos Canais e da Terra dos Orixás, a ambulância com a lagosta poluída dentro, as conferências de Cartolina, calhamaços de papel, a tal escada da infância que rangia, a cabra que Pastilha havia ordenhado, os baiacus aldeões saltadores...

Europa, França e Bahia se enfiaram pela abertura.

A grande onda que se dirigia ao Pacífico e já se preparava para saltar os Andes, fruto do mergulho da baleia-azul no mar da Aldeia Maravilhosa, foi puxada de volta e se meteu dentro do livro. Junto com ela, o ano-novo também entrou ali.

O cogumelo era um funil em forma de espiral, uma grande cortina de coisas, que se abria para o céu e ia se introduzindo lentamente pelo buraco do livro, como um furacão.

"Que poder de sucção tem esta página!", pensaram os cinco companheiros, admirados.

O céu inteiro, com suas nuvens e estrelas, também foi chupado ali pra dentro. O tamanduá que perambulava próximo ao cupinzeiro se assustou, caiu e desmaiou, ali ficando estendido.

Finalmente, toda a casa de Tom, com seu janelão e seu conforto, foi sugada pela boca-página. E o futuro também se enfiou ali para dentro, produzindo um trovão.

E, numa última aspiração, o livro atraiu Tom, ele mesmo, que ficou preso pela cintura, com os pés para dentro da página.

Cartolina, em desespero, agarrou o amigo pelas mãos e braços. Mas ele a tranquilizou.

— Não se preocupe! — ele disse. — É aqui que eu moro. Minha mãe deve estar chamando!

— Então é por isso que você se chama Tom Oriundo! — compreendeu Jubileu. — Você é oriundo daí! Da origem da estória!

— Mas nós não vamos mais brincar juntos e contar estórias e rir e passear?... — disse Cartolina.

Escaleno, Pastilha e Jubileu ficaram ao lado do grande livro, com as mãos apoiadas nos ombros do amigo.

— Isto é que se chama apoio moral — celebrou Tom.

Apoio moral é como um muro sobre o qual se apoiar.

— Eu sempre estarei por perto — disse Tom. — Não sou como vocês, que têm essa existência cotidiana. Eu sou cotidiano também. Mas um pouco excepcional! — brincou ele.

— Como assim? — perguntou Pastilha, já com lágrimas nos olhos.

— Eu sou filho de Palavra. Moro nos porões dos livros. Entro e saio pelas páginas!... E agora está na hora de eu ir pra casa — disse calmamente Tom. — Está na minha hora de virar abóbora!

— Por quê? — perguntou, inconformada, Cartolina.

— Talvez porque eu tenha me curado dos engasgos... Sem engasgos, não há estória! — argumentou Tom.

— Mas como encontrá-lo de novo? — perguntou Escaleno.

— É preciso ler um livro e se envolver com a estória. É preciso fazer uma força e penetrar na página do livro. É preciso abrir as portas das palavras. Ali, sempre, estarei eu! — disse o menino que, em seguida, voluntariamente, ergueu os braços aos céus, deixando-se levar. Resignado, entregou-se ao seu destino. Ele se transformou em luz: amarelo-alaranjado, se pôs, como um sol, para dentro do livro, como uma gema que entra no ovo. Fora feito para sempre invisível aos amigos. Nem por isso ausente.

— Que livro guloso! — exclamou Jubileu.

— Esganado! — disse Cartolina com raiva.

— O Tom nasceu para dentro! — disse Pastilha, num momento raro de sabedoria.

Finalmente, o esfomeado livro terminou por engolir-se a si mesmo. Como se ele se tivesse virado do avesso e desaparecido, fazendo um grande *ploc*!

Consumiu-se!

— Ele se comeu-se! — denunciou Escaleno, errando de propósito, pra dar ideia de um autogesto...

— Um milhão jogados fora! — protestou Pastilha.

Sobraram os quatro amigos sozinhos, num terreno feio e abandonado. Tudo bem menos lindo do que a casa de Tom que, com ele, desaparecera.

A ESTÓRIA SEM TOM

— E agora? — perguntou Cartolina, pela primeira vez realmente aflita. — Onde está tudo aquilo que nós inventamos e que era tão real?

— Onde erramos? — disse Jubileu. — Será que deixamos algum personagem sem nome?... — indagou, lembrando um dos pecados proibidos por lei.

— Vamos chamar o autor deste livro... — sugeriu Pastilha, quase em desespero.

— Mas nós o expulsamos! Ele deve estar ressentido... — lembrou Escaleno.

Pastilha se ajoelhou, gritando:

— Misericórdia!

— Não me ofendo fácil!... — disse eu, resolvido a dar o ar da graça.

A situação, entretanto, era grave. Eu não poderia ajudar.

Expliquei a eles o que ocorrera:

— Vocês tomaram conta da estória, tiraram ela de mim, mexeram com coisas muito poderosas e agora perderam o controle. Não há nada que eu possa fazer...

E completei:

— Estou torcendo por vocês! De coração.

Assim dizendo, me recolhi.

Ficaram os quatro amigos olhando para cima, tentando me buscar e comover.

— Seu bananão! — xingou Cartolina, dirigindo-se a mim.

Olhei do alto aqueles pequenos personagens queridos, perambulando aflitos pela escrivaninha na qual escrevo. Eles teriam de resolver por si o impasse, disso eu tinha certeza. Resisti à tentação de interferir e me calei. Ajudar é atrapalhar, em certos momentos, e superproteger, rejeitar. Um adulto digno tem de saber se ausentar, pensei comigo.

Acendi uma vela, aguardando.

— Por que não aspiraste a minha dor, ó página-aspirador? — gritou Cartolina.

Em desespero, os quatro personagens deram-se as mãos e se concentraram. Queriam unir forças.

— Vamos apelar — sugeriu Jubileu, enigmático, paradoxalmente o mais cético dos quatro. — Vamos evocar Curandeiro Ademar, quem sabe ele nos ajuda!

Eles se concentraram tanto, que a imagem enorme do Curandeiro começou a pairar no céu, tentando alcançá-los. A imagem buscou definição, tentou ser mais precisa. Mas em vão. Curandeiro não se concretizou.

De fato, pobrezinhos, não sabiam que grandes entidades não se materializam em imagem, santa ignorância!

— Se Curandeiro aqui tentou chegar, e se Curandeiro aqui não está, é porque necessário Curandeiro aqui não é! — proclamou Pastilha em transe, proferindo palavras misteriosas, como se fosse um oráculo, revirando os olhos.

— Sou uma desgraçada!... — disse Cartolina, dramática, em sua trágica performance, demasiada humana.

Escaleno pendurou no peito um cartazinho: "personagens à procura de um autor". E esperou.

Logo desistiu, entretanto, ao perceber que nenhum autor aparecia.

— Isso só funciona na Itália — explicou Jubileu ao amigo.

Cartolina voltou-se a Jubileu, e, sempre desconsolada, indagou:

— Por onde andará Tom?

Mas Jubileu era um homem reto, não dominava os assuntos abstratos, muito menos os assuntos do além.

— Só sei que nada sei! — disse, reconhecendo a falência da exatidão.

Escaleno, entretanto, mudou de expressão. Com semblante grave, cheio de densidade, como quem encontrou uma resposta após longa reflexão, afirmou:

— Tom está naquele armário de palavras!... E, ao mesmo tempo, ele está sempre por aí...

— É! — colaborou Pastilha, de volta do transe religioso, mas agora mergulhada noutro tipo de transe. — Toda vez que a gente for brincar e inventar coisas e criar estórias... ele estará aí, pronto para aparecer.

— Isso! — acrescentou Escaleno, com espessura. — Ele aparece quando o jogo dá certo: é o "algo-mais", fruto das brincadeiras! É aquilo que aparece quando a gente encontra a porta da palavra, para retirar de dentro dela seu recheio imprevisto.

— É lá que ele mora!... — disse Pastilha. — Lá embaixo das estórias, sustentando a superfície, como uma alma de tijolos...

— Mas se é na quinta porta que ele mora ou não, jamais saberemos — disse Escaleno. E concluiu: — É importante não saber o que há atrás de toda porta.

— Isso mesmo! Aquele que não sabe, é livre para imaginar! — concordou Pastilha, que enfim compreendera algo realmente.

Por ironia, os dois amigos, Escaleno e Pastilha, outrora tão concretos, com o colapso de Tom (que desaparecera) e de Cartolina (que estava em pânico), eram agora os iniciados nos assuntos do abstrato. E tocando o proibido, começaram a descobrir coisas que deveriam permanecer ocultas aos mortais; intuíam a teoria dos cinco enigmas:

> 1) A fantasia nasce quando o homem inventa a primeira porta, que separa e proíbe e cria segredos.
>
> 2) O segredo cria tudo, porque germina e é fedido.
>
> 3) Jamais serão abertas todas as portas e a Ciência não sabe disto — pois ela é cheia de si.
>
> 4) Ao homem não é dado abrir a última porta, embora a poesia consiga atravessar certas portas, mesmo algumas fechadas e trancadas com chave tetra.

5) Todo aquele que parte e não volta quer que sejam felizes aqueles outros que ficaram. Nada de lágrimas vãs!

O TOM DA ESTÓRIA

Depois de tanta sabedoria concentrada, os amigos foram se acalmando e se conformando e, resignados, se descobriram obviamente no terreno familiar e abandonado do início da estória. Eles estavam sujos de lama por todo corpo, de tanto brincar por ali. Sujos de lama e não de lava, como acreditaram por um momento.

Todas as aventuras couberam em uma única tarde de brincadeiras, assim como os sete dias de Condessinha no Brasil foram criados em apenas uma noite de sono!...

O dia ia sumindo e eles trataram de fazer um reconhecimento de território. Aquela área de fundo onde se reuniam habitualmente era bem mais feia quando subtraída dos encantos de Tom. Bem mais feia do que sua casa confortável, com o janelão de sua sala, seu jardim de Alá, sua geladeira farta, seus sofás e poltronas rechonchudos.

Sem tudo isso, o terreno era miúdo, de terra batida cor de ocre. Havia pneus velhos e garrafas vazias jogadas ali. Um carro abandonado, velho e quebrado, estava estacionado num canto daquele espaço havia meses... Talvez anos. Uma família de gatos o adotou como moradia. Havia uma poça d'água no terreno, vestígio de alguma chuva recente. Ali moravam sapos e rãs e pererecas. Eles comiam insetos e, às vezes, eram comidos por algum gato faminto. Um rato solitário, sobrevivente dos muitos perigos, perambulava pelos cantos de muro carcomidos, buscando qualquer coisa para roer. Uma mala velha, de couro descascado, fora jogada ali e teimava em exibir sua feiura para quem quisesse ver. A alça fora arrancada, de modo que parecia faltar um braço à mala. Uma escada torta, jogada num outro canto, fazia companhia a algumas vassouras descabeladas e amontoadas, como num jogo de pega-varetas. Por entre as varetas, lagartixas espiavam.

Uma cadela magra, sentada perto da mala velha, coçava as peladuras. Suas coceiras eram manifestação não das pulgas de ficção — que, conforme aprendemos, avisam e antecipam alguma coisa —, mas de pulgas sádicas mesmo: pulgas e sarnas ao pé da letra.

— Aqui tudo é ao pé da letra! — resmungaram os quatro amigos, insatisfeitos.

No centro do terreno, um ninho de cupim plantado, pequena montanha gorda e marrom, parecia ser a única coisa que pertencia à realidade do sonho e à realidade da realidade!

Ao lado do cupinzeiro, o tamanduá desmaiado ainda estava lá deitado. Mas ele era um pano de chão usado, que não prestava mais nem para ser pano de chão, objeto inútil, que se animara a ser bicho pelas vibrações da fantasia...

Uma tampinha de refrigerante repousava no chão, desamparada. Era a tal moeda de 25 centavos de coroa, que o grande livro cuspira. Mostrava agora, desavergonhadamente, a verdade de sua essência: "sou mera tampinha!", parecia dizer.

Uma porta carcomida por cupins estava parada em pé, apoiada no muro velho. Ao lado, um guarda-chuva preto, rasgado e pelo avesso, mostrava como havia sido agredido pelo vento e, depois, abandonado naquele quintal.

Uma bota, perdida de seu par, acompanhava, em silêncio, o guarda-chuva do avesso. Seu cadarço parecia um ponto de interrogação, numa perene indagação.

Um gato iniciou uma espreguiçada em onda e interrompeu-a, por pura preguiça, antes da conclusão.

Paisagem pouco nobre... Tudo como dantes no quartel de Abrantes!

Mas crianças nunca desistem!

A primeira estrela apareceu no céu e logo eles começam a delirar e a tossir e a engasgar — sinais de saúde! Bom augúrio!

Os pneus têm cheiro de borracha. Mas agora, por decreto, eles não são mais pneus. São torres de um castelo medieval. As garrafas são feias e sujas. Mas parecem vasos modernos...

O cheiro de borracha, entretanto, persiste: é a resistência dos pneus em se deixarem ser torres, teimando continuar a ser aquilo que pensam que são. Insistem? Teimosos! Então, não é cheiro de borracha. É, na verdade, cheiro de arsenal militar! No castelo está uma linda sereia, feita prisioneira, que iremos libertar. A poça d'água é fedida e marrom. Mas, fazendo uma força, ela pode ser um espelho d'água do castelo encantado. Ali mora um polvo gigante que vai se apaixonar pela sereia. Amor de polvo é tão grande que liberta qualquer sereia. Então vai ter uma festa. Temos de atravessar uma ponte que conduz ao castelo. A porta comida pelos cupins se transforma nessa ponte.

De repente, as vassouras descabeladas são lindas modelos num desfile. Magras e elegantes, têm penteados extravagantes... A ponte é uma passarela!

Sapos são condes e rãs, princesas. Vieram de muito longe para a grande festa.

Do interior da mala velha, podem-se retirar muitas roupas elegantes. No convite para a festa, veio escrito "A rigor"! A mala velha é um baú de fantasias.

A escada torta e enferrujada é um trampolim do qual as pererecas ginastas se jogam em saltos ornamentais em direção à poça d'água que, na verdade, já não é mais o espelho d'água do castelo, mas uma piscina olímpica.

O guarda-chuva pelo avesso, de repente, é uma delicada sombrinha que uma rã vistosa utiliza para se proteger do sol. Ela passeia pela Itália e a escada torta já não é trampolim e, sim, a Torre de Pisa, inclinada e velha e linda...

A bota nos leva a todo lugar, pois é uma bota-sete-léguas e encurta grandes distâncias. Seu cadarço, que indaga, é agora o espaguete que a rã degusta...

E quem não vai à Europa de botas, pode ir de tapete voador: o pano de chão, que havia sido tamanduá, faz hoje em dia a ponte aérea que liga Brasil e Itália. "Sou tapete persa!", diz ele, cheio de si e de ilusão e de lucidez.

Embora noite, um sol laranja brilha eterno.

O rato solitário é um diplomata muito culto que se casa na Europa com a rã vistosa!

— Lagartixas fazem as unhas, se arrumando para a festa. No cabelo, laquê!

— E o gato preguiçoso vai ao casamento.

— E a sereia e o polvo também vão!

— A sereia canta, alcançando quatro oitavas.

— Eles têm muitos filhos, que são pequenos polvos e centenas de sereinhas...

— E contam muitas estórias para crianças do mundo todo!

Novas criaturas são criadas e conduzem as estórias através do tempo. São personagens saindo de dentro de personagens saindo de dentro de personagens, num parto sem fim!

— A estória dá cria! — grita alguém.

E as pequenas estórias, mamíferas, mamam no peito das grandes fábulas.

— Então eu era herói e meu cavalo só falava inglês... — clamou o ratinho, não mais solitário, parodiando outros versos.

Os quatro amigos estavam novamente de posse dos tais delírios febris, transformando tudo a sua volta, de acordo com seus desejos, revelando outras verdades. Recuperaram seus poderes, numa faísca, dominando mundos. Alucinados, fizeram alquimias e piruetas e penetraram outra vez aquele reino no qual são senhores, tentando novos contatos com o imenso.

Das várias casas que dão as costas ao terreno abandonado, quatro janelas se abriram, quatro mães acenaram e chamaram:

— Banho e jantar!

— Ah mãe!, só mais um pouco! — responderam as quatro crianças.

— Cinco minutos — disseram as vozes definitivas.

Já no escuro, um vaga-lume iluminou uma taturana que, então, borboleta e mariposa. Da árvore-girafa-peruca-samambaia, a minhoca-fim ameaçou descer...

Distante dali, outra mãe apagou a luz porque seu filho dormia. Noutro quarto, alguém envelhecia.

Ao longe, a vista era linda. Na montanha em frente três pontos pareciam pastar. Olhando melhor, dava para ver que eram três vacas. Cada uma levava no peito um crachá. Apesar do escuro, ali se lia: "vacas saídas da conferência de Cartolina". Eram elas! Lambiam seus bezerros, molhando-os com suas línguas maternas.

Num canto do terreno, meio escondido, sentado confortável, Tom observava os amigos em silêncio. Ao lado dele, um balde discreto, ainda cheio de letras úmidas, palavras não contadas, aguardando...

Um grande livro velho e embolorado estava apoiado no muro. Ele parecia uma tábua ou um janelão e na capa se destacava um título amarelado e exausto: *Estórias de Cartolina*. Estava ali, a ser descoberto, lotado de moscas da fruta...

O menino, à distância, sorriu. Na mão esquerda, um pé de moleque feliz.

ELEVAI

Um dia, muito tempo terá passado. Tom há de deitar o corpo injusto de seu pai cansado. Ele vai acender uma vela e rezar para que as palavras curem as dores do mundo, como estas palavras que vocês ouvem aqui.

Há de assistir ao pai envelhecer e desandar. Descompasso entre alma jovem e casca ingrata. Esse pai que esteve lá quando ele, Tom, andou pela primeira vez.

— Seja de novo menino, pé-de Tom. Toma meu pé de moleque e anda...

O fio da vida, que liga a cabeça ao firmamento, está muito gasto, teia de aranha em nó, destino-barbante.

UTI é o avesso de um aborto, constata Tom.

Recolhe a casca e a alma e o descompasso e guarda. E assopra.

O pé-de Tom não desmorre ninguém.

Os dois se sentam no meio-fio da madrugada para assistir e esquecer, arco-íris, cicatriz. Uma ave voa. Sua voz é de gralha e arde, numa anunciação.

A lua se põe, tristeza-oceano.

Tom olha para o lado.

Seu pai já não está mais ali.

TCHAU!

"Tchau fim", acena a galinha gripada, que já havia sarado, nesse ponto, enfim. Um guarda-chuva colorido, qual enorme nuvem, a protege do excesso de sol, estendendo uma sombra de luto-sobre-tudo.

No escuro, para variar desta vez, os nomes ficam quietos e sonham um vazio de maracujá. São letras mortas e sem carne. Não se referem a coisa nenhuma, exaustas, não mentem. Também não mais tocam ninguém: perderam a função, deitadas num quintal cheio de nada. Não há mais entrelinhas, porque não há mais linhas.

"Só assim para dormir um sono mudo, sem sonho, folha em branco", diz o Cansaço, e boceja.

Palavra termina seu cachecol, infinitamente tricotado, mas ele só mostra a ausência do pescoço para o qual havia sido feito.

A minhoca-fim, feita de letras, finalmente desce da árvore e se põe bem no meio do asfalto. Ali fica deitada na rua, como se tivesse sido atropelada por uma jamanta, estatelada, respirando, ofegante, indestrutível.

E exibe seu fim sem fim...

AGRADECIMENTOS

O valor de um homem se mede pelo tamanho de sua gratidão, disse meu pai. Então...

Agradeço a Abel Guedes; Adão Iturrusgarai; Aguinaldo José Gonçalves; Alberto Guzik [in memoriam]; Alberto Pereira Lima; Alessandro Toller; Alex Cleman; Alexsandro Alves de Matos; Alice Nascimento; Alvaro Angelo; Ana Cecilia Mesquita; Ana Loffredo; Ana Maria de Jesus; Andre Castelani; Andrea Luize Zanelato; Anna Veronica; Anna Zlotnik [in memoriam]; Ari Rehfeld; Barbara Apalg; Beatriz Cossermelli; Bela Sister; Beth Antonelli; Bia [Beatriz Dal Santo Francisco Bonamichi]; Bia Jorge; Bia Szvat; Brenda Oliver; Bobby O´Malley; Caio Ferraz; Caio Gaiarsa; Camila Igari; Carlos Hee; Cecilia Nico; Cecília Novelli; Cibele Custódio; Cibelia Abujamra [in memoriam]; Cintia Onofre; Cintia Valente Ruiz; Ciro Salles; Cléo de Páris; Contardo Calligaris; Cynthia Vasconcellos; Carey Hochmann; Daniel Fonseca Correa; Daniel Kupermann; Daniela Machado; David Calderoni; Deborah Zilber; Denise Sefer; Dione Leal; Djanira Silva; Dona Elza [Elza Rodrigues]; Edu Santos; Eduguedes; Eide Feldon; Elcio Gonçalves de Oliveira; Elen Londero; Elia Esperança; Eliane Kalmus; Elias Zlotnik [in memoriam]; Elô [Eloísio Godinho];

Elô [Eloisa Vilela Fusco]; Elza Tamas; Eric Vecchione; Erika Riedel; Eveline Alperowitch; Evie Milani; Fabiano Martins de Lima; Fabio Domingues; Fabio Mazzoni; Fabrício Silva Santos; Fanny Ligueti [in memoriam]; Fanny Maikóvski Guzik Zlotnic; Felipe Del Fiorentino; Felipe Lafé; Fer Guedella; Fernanda Trigo Gazito; Fernando Andrade; Filipe Moreau; Flavia Araujo; Flavia Dessoldi; Flavio Costa; Flavio Iannuzzi; Flavio Pontes; Floyd Weldon; Gabi Costa; Gabriela de Berimbau [in memoriam]; Gal Gruman; Geraldo Ferreira; Gercy [Maria Gercileni Campos Araújo]; Gilson Rampazzo; Gio Ferrer; Gisela Wajskop; Giselle Blankenstein [Gipilla]; Graziela Marcolin; Gustavo Ferreira; Guto [João Augusto] Pompeia; Henais Deslandes; Ilana Katz; Isabel Vilutis; Ivam Cabral; Ivan Szoboszlay; Ivo Leme; Ivo Mesquita; Ivo Zlotnic; Jacques Alejo Bisilliat Belluci; Jamil Torquato; Janete Frochtengarten; Janine Silva; Jê Americo dos Santos; Jean Clark Juliano; Jeroen Vonk; João Luiz Guimarães; Joaquim Gama; Jomo Faustino; Jorge Sallum; Ju Borghi; Julia Bisilliat; Julia Bobrow; Juliano Casimiro; Keila Pavani; Kenneth Milans; Krutsky [Sergio Schwengber]; Laila Rha; Lais Costenaro; Laufran de Gracia [in memoriam]; Leda Cartum; Lejb Guzik [in memoriam]; Leonardo Fuhrmann; Lili Iaki; Lili Quintão; Lilian Rammazzina; Lilian Frazão; Lilian Ring; Liliana Camargo Pacheco Calil; Lino Reis; Lloyd Vicente Falbo Junior; Lucia Camargo; Lucia Pompeia; Luciana Pires; Luciano Falcão; Luis Claudio Figueiredo; Luis Felipe Minnicelli; Luis Indriunas; Luis Pini Nader; Luiz Carlos Menezes; Magda Sussmann; Mané [Manuel Rodrigues]; Marcelo Cipis; Marcelo Finato; Marcelo Germano; Margarete Lara; Margarida Maria Pinheiro; Maria Cristina Ocariz; Maria Ines Guida; Marilene Damaso de Oliveira [Nega]; Marilucia Melo Meireles; Marina Pacheco Jordão; Marinella Noronha; Paulo Freire; Martha Gambini; Maureen Bisilliat; Mauricio Mogilnik [in memoriam]; Mauro Figueiroa; Mauro Meiches; Miriam Chnaiderman; Mirian Ema [Romio]; Myrian Bove; Nelson da Silva Junior; Nice [Cleonice Andrade Inocêncio]; Nilton Melo; Noemi Altman [in memoriam]; Noemi Jaffe; Orelha; Osmar Luvison Pinto; Otávio Dutra de Toledo; Paçoca; Paolo Frigo; Patrícia Sampaio; Paulo Barros [in memoriam]; Paulo Endo; Peter Ribon; Priscila Biade; Rachel Rosenberg [in memoriam]; Rafael Bonamichi; Rafael Marcos Jesus; Rê Forato; Renata Bruggemann; Renata Peron; Ricardo Pettine; Rô Rosa; Rodolfo García Vázquez; Rodrigo Meneghello; Ronaldo Villar; Rosa Guzik [in memoriam]; Rosa Tognollo [in memoriam]; Roseli Silva; Rubia Mara Zecchin; Sarah Vaughan [in memoriam]; Sidnei Cazeto; Silvia Berkoff; Silvia Serber; Sophia Bisilliat; Susan Walker; Suzana Muniz; Suzy Capó; Sylvia Loeb; Tata [Lucimara Gonçalves]; Tais Cristina Soares; Tato Consorte; Thais Rodrigues; Teresa Almeida Prado; Teresa Ralston Bracher; Teresinha Martins Inácio; Tessy Hantschel; Therese Tellegen [in memoriam]; Thiago Capella Zanotta; Thiago de Castro Leite; Tiago Leal; Til Luchau; Valdelice Salgado Santana [Nice]; Vanessa Godoy; Vera Dayan; Vinicius Guarilha; Vitor Lagden; Vivian Altman; Waldir Guerrieri; Xixo [Mauricio Piragino]; Yara Homonay; Yudith Rosenbaum; e, Zeca [Jose Moura].

* * *

Agradeço também a: Instituto de Psicologia da Universidade de São Paulo; Instituto Sedes Sapientiae [Departamentos de Gestalt-terapia e de Psicanálise]; FAPESP; SP Escola de Teatro — Centro de Formação das Artes do Palco; Cia Os Zzzlots de Pesquisas Teatrais; e, a Cia de Teatro Os Satyros.

* * *

Esta estória é dedicada à memória de Schil Zlotnic (o Júlio!). Àquilo que Dele ficou em mim. E, como Ele quis, à vida.

Adverte-se aos curiosos que se imprimiu esta obra em
nossas oficinas em 14 de janeiro de 2014, sobre papel
Offset 90 g/m², composta em tipologia Minion Pro, em
GNU/Linux
(Gentoo, Sabayon e Ubuntu),
com os softwares livres
LaTeX, DeTeX, vim,
Evince, Pdftk,
Aspell,
SVN e
TRAC.